古典復筆新

亦搖亦點頭

刀爾登 著

〈刀爾登作品〉繁體中文版序

冷靜的同情，克制的反思

文．胡又天

二〇〇七到一〇年，我在北京大學歷史系攻讀中國近現代史碩士學位，每當路過書報攤的時候，就會買《南風窗》、《南方週末》、《南方人物週刊》、《三聯生活週刊》、《讀書》、《讀庫》、《財經》（後來被整管，原班人馬出走另創《財新》）這些時政與人文的雜誌。彼時雖然 iPhone 已經問世，但微信未出，社群 APP 的時代尚未全面到來，網上的精彩內容還分散在各個論壇和博客（網誌）中，實體版報章雜誌的市場還沒有萎縮得太厲害，甚且還在選題、編採、排版等各方面精益求精地進步著。

應該說，一九九〇年代末到二〇一二年，是當代中國大陸報章雜誌最精彩的時候。

一九九二年鄧小平南巡講話，確保改革開放路線不動搖，使言論環境漸漸從一九八九年六四天安門事件的肅殺中回暖；江澤民時代，主要基調是經濟發展與「入世」（加入 WTO），對政治和文化方面的敏感議題，也放鬆了管制——或者應該說，發條鬆了，而體制內外大多數人，一時也還不想它再度栓緊，再加上網路開始普及，共產黨很清楚這是未來，不可遽禁，只能花時間去摸索如何管制。二〇〇二年換胡錦濤執政，大抵蕭規曹隨（包括可嘆的弊端及可喜的弊端），言論上也是比較被動的姿態，感覺到危險才會嚴肅的反應一下。於是，各個世代、各種思想的作者，察覺了這個空檔（或者說「過渡時期」），便紛紛大展身手，在體制容許的模糊範圍之內打「擦邊球」，藉由對過往的重述、對當下的記錄，探尋一個更好的未來，或至少是盼望著一個可以比較不一樣、不那麼「主旋律」的中國。

刀爾登便是在這個時期出名的作家之一。

刀爾登本名邱小剛，生於一九六四年，在文革的瘋狂與凋敝中度過了童年，一九八二年以河北省文科第一名考入北京大學中文系，然而他心性淡泊又帶幾分刁，並不以此為得意；一九八六年畢業，也不待在首都北京，而是回了石家莊的家，在河北社科院任職，一九九〇年代末再到河北日報社旗下的《雜文報》當編輯。這些都不是什麼了不起的單位，有識者或許會覺得屈才，而他既不喜爭競，一輩子或許也就這樣了。二〇〇一年，他和朋友被新來的領導「調離」，沒了體制內相對閒散的工作與生活；如果他下海從商，或許也能別有一番發展，但也可能就泯然眾人了。

他之所以成為了名作家，轉機在一九九九年左右開始在網上發表的文史隨筆。一九八〇年代晚期到二〇一〇年代的最近，是翻案的時代，兩岸三地皆然：幾乎所有的一切都要被顛覆，至少也要面臨重新審視，特別是在牽涉當代政治的文史領域。其中有不少持論過激、翻案翻過頭的，雖能聳人聽聞於一時，但網路時代人人可吐槽，不久也就將引來同等的反駁，乃至流於令人厭棄的口水仗；刀爾登的文章，則沒有那樣的浮躁，講故事能自然流露出其閱讀的深度與廣度，作批評也總能細膩地引導讀者，不去執著於得出什麼正確答案或「真理」來踩人，而是讓我們能在各種殷鑑之中更加瞭解人情事理中的所以然，然後可以保育個人的自由，也讓社會能有更多同情和思考的餘裕。例如《中國好人》中的一段：

黨錮之禍，生出一批道德典範，李膺、范滂等，以其勇氣和正直，激勵過歷史中許多偉大人物。此役雖在社會生活中是大破壞，在道義上卻是一場完全的勝利；用良心或腎上腺與壞人作殊死鬥，從此成為一個模型，德昭千古。至於如何將權力鬥爭轉化為道德戰爭，不用很久也要成為拿手好戲，連續上演。

這可以說是從「得理不饒人」這句俗話，反過來切中了傳統史學和唯物史學都未能充分解釋的要害：傳統史觀格於士大夫的立場，天然地和學運站在一起（在台灣年紀稍大一點，讀國編本歷史教科書長大的朋友，可以回想一下當年課本是怎麼惺惺相惜地描述黨人的）；唯物史觀則只從「生產力」與「生產關係」論述皇權、世家、豪強、寒門的利益矛盾與階級固化問題，將道德上的爭執貶抑為遮蔽真正癥結的煙幕，然而這種自傲於掌握了真理的姿態，往往便將經濟理性的今人和「蒙昧」的古人割裂了開來，喪失了歷史本應能讓我們培養的同情、共感（或曰「神入」）的能力。《中國好人》與《舊山河》這一集中的文章，便能通過作者潛心達致的共感，檢討中國史上這許多盛名累累的「好人」，是為什麼會將事情辦壞掉，乃至讓大局不可收拾，遺禍千年的。

刀爾登檢討國故，沒有五四運動以來急切揚棄傳統、盲目仰望西方的弊病（現在有一些為反中、反共而活動的論者仍只停留在這裡），也不走到一味擁護傳統、標榜傳統的另一個極端——這種人雖不顯眼，但也不太少，可嘆的是其中還沒幾人真有好好通讀過古書。刀爾登是真正讀過的，在二十來歲時自己大量閱讀經典和文集，打了底子，《亦搖亦點頭》便記述了他接觸中外文學的歷程與心得，書名一方面意謂豎排、橫排都看，一方面也是保持著主見，有所取有所不取；再一方面，也是體現他們一代人在世道幾度變更中的迷茫與恍惚。例如談十九世紀自由主義經典著作《論自由》（On Liberty，嚴復譯《群己權界論》）時，他筆鋒一轉：

我想起一九七六年秋天，在一個山坡上，與一個同學皺著眉頭討論：「……會不會變天呢？」那時我還是個小學生呢！是的，我們這一代人，本來是標準件，出自政治工廠。我們不知讀過及聽過多少正統的書籍、報紙、廣播，每天浸泡在其中，生長在其中，在小學時便寫批判稿，寫學習體會，訂閱《朝霞》《學習與批判》，「關心國家大事」……如今我好奇的是，那一代人，是如何沖出這包圍的呢？

「好像沒費什麼勁。」我同一位老友談到這個問題，他這麼說。是的，好像沒有經歷過什麼嚴重的思想轉變，沒有經歷過可用「崩潰」「重建」之類的詞來形容的過程，瓦解是安安靜靜地發生的，等想起來時，它已經完成了。（〈「密爾」路碑〉）

生為文革一代，刀爾登的文集不能不帶有對文革與專制的反思，事實上他的反思是深入到文化傳統根柢的，並且他謹慎地不貿然站到另外的極端立場去，只是綜合這半生的體驗，來為古老的問題吐納出自己的一番心得。《不必讀書目》這部談中國古代經典和文集的書，書名便首先對應了國學領域裡頗讓人難為情的「書單」老問題。

近百年來有不少學者開過國學書目，談論說為什麼必讀、應該怎麼讀，然後這個人說你這最低限度的書單還是太繁太多，那個人說你的讀法還是夾帶了太多執見，鬧得很沒趣。然而老一輩學者多少還真的讀過那些古書，過了兩代人，我們大多是修課時選個幾篇意思一下便罷，連參與這個話題的資格也沒有了，因而經常不能不自慚於底蘊不足，轉頭又吐槽別人不讀書或沒把書讀通，反正通常不會錯，就這樣用散發焦慮的方式來處理焦慮。

刀爾登的處理方式，卻是從「必」字著眼，針對了這種焦慮來作解說：確實讀過這麼多書的他，不跟你擺譜說你們這些小朋友快來拜師，也不去迎合某些人的便辟心理，說這些書不讀也罷（甚至「不讀更好」），而是點出他在諸子百家、歷代文苑之中所看到的執迷，讓我們可以不像前人一樣地失陷進去。並且，其中如批崇古非今、道德掛帥等等痼疾，感覺起來雖可能有些老生常談，但別人批判舊中國的崇古情結，多是站在發展主義、追求國富民強的立場上面；刀爾登的關懷，則總在於我們**個性的解放**，以及**情志的舒展**。例如：

世界上最愚昧的事，是允許自己處在愚昧中。假如我們同意，對廣袤世界最少經驗的古人，擁有最好的解釋，那麼，我們也就同意了，理性的目的是迷信，知識的目的是混沌，不可積累的高於可積累的，無可驗證的優於可驗證的，而且，我們還同意了，文明的方向從一開始就前後顛倒，是從終點駛向起點，其意義至多是保持人類的壽命，使其有時間達到古人已經達到的境界——愚昧。（〈不讀《周易》〉）

這既是針對後世玄學家將易經與儒術發展成的迷信，也是針對有史以來，思想怠惰使人們相互要脅著自欺欺人，乃至造成道德的禁錮，用現在的流行語來說是「在同溫層裡取暖」的情形，一如《中國好人》中的片段：

習慣於依賴愚昧，並從愚昧中發現出力量，體驗到快樂。田間地頭學哲學，工人階級上講臺，在這種「遊戲」裡，受傷害的絕不是知識傳統的本身，而是我們。到今天，我看到一些念過書的人拿起什麼事來都敢胡說，我懷疑他們和我一樣，也是「批判」著過來的。（〈被小學生批判過的〉）

梁簡文帝曾說，立身須謹重，文章須放蕩。後人反是。自唐以後，聖道沒見到弘揚多少，國祚沒見到延壽多少，而文章倒成功地弄得無趣了。喜歡趣味的，由文被逼入詩，又逃詩入詞，逃詞入曲，又逃到小說，最後小說裡也全是大道，這時人們方心滿意足，吮大拇指而發呆矣。（〈庾信文章豈老成〉）

《不必讀書目》各篇標題以「不讀」開頭，其實當然不是不讀，而是不像教科書那般總要「主義掛帥」，牽強附會地將屈原說成愛國主義、李白說成浪漫主義、杜甫說成現實主義詩人，談《儒林外史》、《紅樓夢》則必云其如何揭露封建社會之醜惡云云（大陸教科書至今仍多如此，但台灣人請勿嘲笑，不少政論家在帶風向的時候，一樣是用這種強行說教的工具思維來看待世界上的一切文學藝術）。刀爾登則脫去了教條，而能以個人的角度，帶領我們關注這些舊書真正值得細品的地方，就是「人」的處境：

偉大的《儒林外史》，講了一群失意者的故事。在證明這些人如何了不起上，《儒林外史》的說服力是不夠的，但小說告訴我們，他們怎樣活下去，怎樣把幻想維持下去，其中那慘澹的信心，是除了《紅樓夢》的讀者之外，任何人都需要看到的，即使是在別人身上。（〈不讀《儒林外史》〉）

我們總是需要希望，即便只是一種「慘澹的信心」。這是冷靜克制的刀爾登並未放棄的溫情，他的反思不會走到徹底的絕望和否定，淪為「小人窮斯濫矣」、「破罐子破摔」的灰心喪氣，我相信這是他從文學裡得到的滋養，也是他想傳遞給我們的慧命。

二〇一二年以後，以社群平台和微信行銷公眾號為中心的移動互聯網時代來臨，中共的網路管制趨於齊備，群眾在國勢日蒸的背景之下，亦多擁護中央以經濟發展為綱、民族主義為大棒——異議不是沒有，但已動搖不了境內的主流。仁人志士打了十幾年擦邊球，結果是中共劃出一條不得跨越的紅線了，報刊再也沒有了撬動政治、影響國家大政方針的可能，也就是不再那麼能令人「興奮」了，我也就漸漸沒再買大陸的實體雜誌，即使去年在大陸工作，偶爾買一兩本，讀起來也不再有先前的滋味。刀爾登隱逸的個性與文風，在這個新時代，自然是格格不入的，近年也很少再聽到他的消息，但或許這樣也好。

承蒙大寫出版相邀，為台灣讀者介紹刀爾登作品的時空背景，我也是首度拜讀了他文章的完整結集，而更接近了這位學長所閱讀過的，厚重、複雜而又保育著慘澹信心的古代、現代中國。大家在今日或者幾年、幾十年以後的將來讀到這幾本書，興許會很有一些恍如隔世的魔幻感：眼前的中國，居然也有過這樣的年月，出過這樣的作家。或者也不該說「恍如隔世」，而是真的隔了好幾世；然而，相隔百世的古人古書，刀爾登猶能有所共感，感知到那些不一樣的、失誤而真實、可貴的生命軌跡，我們也應該要能。謹為之序。

二〇一九年二月十一日

胡又天，北京大學中國近代史碩士，作家、歷史學研究者，著有《玩世青春》、《寶島頌》、《金光布袋戲研究》等作品。

刀爾登系列作品——《中國好人》
《亦搖亦點頭》
《舊山河》
《不必讀書目》

目錄

contents

輯壹　混沌的閱讀

輯貳　梭羅的囉嗦

輯參　讀書為己

輯壹

混沌的閱讀

寫到這裡，我又想把許多書重讀一回——至少一回，也許能減少一些自以為是。

誰讀完了《尤利西斯》

前些日子，一位朋友送給我一本《倫敦塔祕密動物園》（*The tower, The zoo, And The Tortoise*）。他喜歡這書，送我一本，自是希望我閱讀，然後同他討論。我隨手翻開《倫敦塔祕密動物園》，看到這樣的描寫：

「她把外套掛在衣架上，旁邊是個真人大小的充氣娃娃，嘴巴是個深紅的洞，這件物品還沒人敢認領。繞過轉角，她站在舊式維多利亞櫃檯邊，櫃檯門還是關著的……」

又翻開一頁——

「別的還有哪些呢？一隻科摩多龍，來自印尼總統。科摩多龍是世界最大的蜥蜴，可以打趴下一匹馬。它們是食肉動物，咬起來很兇猛，會往獵物身上注入毒液。所以我會留意那只動物，如果我是你的話。」

我鼻子裡哼了一聲，把書放在一邊了。這一「哼」的意思，不外是說，這是哄小孩兒的。在我看來，作者的描述有過多的「冗餘」細節，意在迷惑意志不那麼堅定的讀者；而我，自詡為老練、世故的讀書人，才不買帳呢——如果與情節無干，誰在乎娃娃的嘴巴是什麼顏色呢？

然後我就絕望地想，天哪，我真是老了。

這話是從何說起呢？如果是在四十年前讀到這樣的段落，我的眼睛會發亮！我會追蹤、玩味每一個細節。科摩多龍！這名字就足夠讓一個孩子的想像飛馳一會兒了，我會停下閱讀，在腦中構造「打趴下一匹馬」的畫面；這一小段話，夠我享受好幾分鐘，咯咯笑好幾次。經驗是如此排他，現在的我，頭腦塞滿辛苦積攢起來的各式法寶，從而只會「哼哼」，不會「咯咯」了。

在詹姆斯．喬伊斯（James Joyce）的小說《尤利西斯》（Ulysses）第四章中，布盧姆磨蹭半天，總算要出門了：

「在門前臺階上，他伸手到後面褲袋裡摸大門鑰匙。沒有。在昨天換下來的褲子裡。得拿。馬鈴薯倒是在。衣櫥吱吱格格響。沒有必要吵她。剛才她翻身的時候就是還沒有睡醒。他很輕很輕地把門拉上，又拉緊一點，讓門下端剛夠上門檻，虛掩著。看來是關著的。反正我就回來，沒有問題。」

還記得那個「木枷，文書，和尚，我」的老笑話嗎？我現在外出，關上家門之前，總要摸一摸口袋。鑰匙永遠是放在左邊褲兜裡的，右邊則是電話，上裝右面口袋裡是錢包（現在的扒手不讀文章，對吧？），左面有香煙。「鑰匙，電話，錢包，煙。」我心裡念叨著，放心地下樓了。親愛的讀者，您也這樣嗎？如果是，那麼恭喜，您也老了，您和我一樣，對外部世界，以及外部世界的外部世界，丟掉了興致，您和我一樣，每天出門，實際上一直留在門內。

在我還是個小不點兒的時候，從外祖母那裡聽了好多故事。有這樣一類故事，主人公（通常是個傻氣的老三）被父親或壞心眼的兄弟趕出門，一天之內，或是遇見三件美事，或是學會了三句妙語。這些年我沒少外出旅行。而每次旅行快結束時，我都在心裡嘀咕：「人家傻小子出去轉悠一天，還學會了三句話了。我都出來一個月了……」

可別小看那類故事，它們屬於一個偉大的敘事傳統，這傳統的代表，在我國有《西遊記》、《水滸傳》，有《兒女英雄傳》、《老殘遊記》等，在歐洲，則有近代小說之開端最顯赫的一批作品，《巨人傳》（*Gargantua and Pantagruel*）、《小癩子》（*The Life Of Lazarillo De Tormes*）和《唐吉訶德》（*Don Quixote*），有後來的《天路歷程》（*The Pilgrim's Progress*）、《痴兒西木傳》（*Simplicius Simplicissimus*）、《吉爾・布拉斯》（*The Adventures of Gil Blas*）、《湯姆・瓊斯》（*The History of Tom Jones, a Foundling*）……有美洲的《癩皮鸚鵡》（*The Mangy Parakeet*）、《頑童歷險記》（*Adventures of Huckleberry Finn*），以及《麥田捕手》（*The Catcher in the Rye*）和《奧吉・瑪琪歷險記》（*The Adventures of Augie March*），如果限定不那麼嚴，還得算上我從小就熟悉的《格列佛遊記》（*Gulliver's Travels*），以及曾很想讀卻至今沒有讀過的《克萊麗莎》（*Clarissa Harlowe, or the History of a Young Lady*），還得算上小木偶（Pinocchio）和愛麗絲。這書單子可以開得很長，這傳統可以追溯到偉大的荷馬（Homer），然後繼續上溯，直

到我們祖先的祖先，那最早的一批說故事人。

最早的一批說故事人……他們說什麼呢？他們才不會說，「我今天早上，吃了兩個煎餅……」，他們的故事，應該很像《奧德賽》（Odyssey）的開頭，說的是一個人「飄遊到許多地方」，見到了許多在家中見不到的事物。是什麼令我們的祖先守著爐火，眼睛閃光，聽一個傢伙絮絮叨叨地說話呢？這人是外邦人，傳令人，還是還鄉浪子？他的故事，像拋進波瀾不驚的生活裡的石頭，激起了什麼樣的漣漪呢？這些漣漪傳到了我們這裡，減弱至什麼程度呢？

說起《奧德賽》，想起了《尤利西斯》。

《尤利西斯》的威名，是在大學裡聽到的。那會兒，歐美現代文學，剛剛擠進門縫兒，而其影響力，又絕不僅限於中文系的學生。「現代派」，對差不多所有人來說，都是有魔力的詞兒，我們像在山洞裡沉睡多年，醒來後的第一件事，自然是要趕上時代的進度。短短幾個月裡，每人都知道了一大批作品和作家的名字，急不可待地等著譯作。譯作出得很快，但無論如何，也供不及這批貪婪的學生——我們恨不得在一年之內，把所有的好東西都讀到，彷彿讀到之後，便成「現代人」，與世界齊頭並進，而甩開周圍的人幾十步了。

完整的譯本，來不及提供，便有些選段，出現在選本上，好比有口皆碑的餐廳，讓香氣飄到我們這些排著隊、伸長脖子等座兒的人前，暫且慰藉大夥兒的饑腸。這些餐廳中，門口排隊最長的，便是《尤利西斯》了。

我們從各種評介中，得知它是多麼偉大，又是多麼艱深——高越而險峻，還有什麼品質，更能吸引攀登者呢？我在選本中讀過它的一小角，說老實話，完全不知所云，這讓我更加心嚮往之。圖書館裡有《尤利西斯》的英文原版，很難借到，不過我終於借到了。我那時的英文程度，根本不配閱讀《尤利西斯》，我壓根兒也沒有那痴心妄想，把它借到手，只不過是想看看它是什麼模樣，聞聞氣味，掂掂分量，在枕頭下壓一壓（或許希冀有什麼神祕的通道，能讓書裡的內容就近往腦子裡傳一點兒？），如此而已。

我的朋友圈兒裡，碰巧有《尤利西斯》的第一位中文譯者的兒子。在他父親著手此書的譯事後，每個假期過完，他從天津回來，我們幾個人，總要打聽一番，其實他知道的也不多，而他那副慢條斯理的樣子呀，真是氣人，我又不免擔心，他父親多半也是這個慢脾氣。可不是嘛，他老人家把譯作出版，是十年後的事了。

十年……我從「文學青年」，變成了一個三十歲的、受偏頭痛折磨的、得過且過的傢伙。尤為要緊的，是我已經停止文學閱讀了，就連《尤利西斯》漢譯本的出版，也是在又兩三年後，偶然得知的。我在朋友的書架上，看到了這譯本。此時我已經想不起當時的心情，也許心跳了一下，也許沒有，多半只是禮貌地瞥了一眼，或從書架取下，握一握手，寒暄兩句，又放回去。

我能不覺得自己老了嗎？

且慢。我想起了大學裡讀過的《麥田捕手》。主人公滿腦子想的「只是離開」，然後，「我一口氣跑到大門邊，然後稍停一下，喘一喘氣。我的氣很短，我老實告訴你說。」下面一段說抽煙和肺病的破事，接著，「嗯，等我喘過氣來以後，我就奔過了第二〇四街。天冷得像在地獄裡一樣，我差點摔了一跤。」作者用好幾行字寫霍爾頓過馬路時頭腦中的念頭。最後他總算穿過了馬路，「我一到老斯賓塞家門口，就拼命按起鈴來。」

我好奇的是，如果主人公在外面漫遊了幾年而不是幾天，這書得寫多長。

《麥田捕手》是我喜歡的小說。我喜歡現代文學的許多品質，佩服當代作家對人的精神細緻入微的探究，佩服這探究所需要的勇氣和觀察力，同現代文學相比，古典文學離真實世界——哪怕是古典世界——實在是太遠了。

但是……是啊，但是，我多麼嚮往古典時代的康健之氣。我甚至想過模仿前人的筆法，編一個記行的故事，可是呀，便是編得出來，那故事怎麼看也不像是當代生活的寫照，不管我用多麼實際的細節填充它。

打個比方，我連個陌生人都想像不出來。哪裡還有什麼陌生人呢？想像能遇見的最奇奇怪怪的「陌生人」，我差不多敢保證，從他那裡聽到的一切新鮮東西，實際並不新鮮，他的生活細節，不過在我（這裡我很想使用「我們」一詞）那個木櫥的某些小格子裡，填上新的材料，而沒有什麼，令我覺得應該為其騰出新的格子，甚至新造一隻櫥子。

是的，新的法度，新的範式（這個詞兒倒是新的，我是頭一次用），太難得了。在一切皆為一切人所知（我們自以為如此）的時代，在邊疆已被推至人類暫時的極限的時代，我們可以坐擁事物的樣本，在實際地遇見事物之前，已經知道那是怎麼一回事，而我們的旅行，從頭到尾都是設計好的。我自己的旅行也是如此，在一個陌生的地方，坐在一個陌生的門廊下，看著陌生人從眼前走來走去，就是不想搭話，因為在我的感覺中，這一切都太熟悉了。這時我便沮喪地想：「我老了。」

「真實的旅行故事已不可能了。」李維史陀（Lévi-Strauss）曾經這麼寫道。他解釋說，我們會「把真實經驗用現成的套語，既有的成見加以取代。」那麼，從來就不曾有什麼「真實的旅行故事」，在古典時期，更加沒有。但這裡的「真實」是什麼意思呢，不管它是什麼意思，誰又在乎是不是「真實」呢？我們要講故事；我們要聽故事。

又過了幾年，我在上海的一家小書店偶又見到《尤利西斯》，我買下了。我在火車上讀了一些段落，回到家中，放在一邊了。剛才我想從書架上翻出它來，沒有找到。便是找到，十年前我沒有把它讀完，現在我更讀不完了。

如前所說，我「老了」，對眼皮底下的許多事，以及對描述這些事的文字，失掉了興趣。我知道《尤利西斯》是偉大的小說，但此時此刻，那不是我需要的那種偉大。我同意，有些時候我們需要把眼睛轉向自己，我們甚至可以津津有味地談論自己，但有些時候，我還是想聽故事，粗糙的故事，外邦的故事，包含新的精神法度的故事，我們的文明在其中流動不居的故事。

《十日談》（*The Decameron*）的故事是這麼開始的：十個人（還有一些僕人）到山中的一所屋子裡躲避瘟疫。他們講故事……不，換一個想像，想像一群人來到某處避雨，可是，他們再也不走了，他們太喜歡這地方了，就在這裡蓋房子，交往，婚娶，種植……他們對自己說：「雨還沒停。」是啊，有些雨，確實是永遠也不會停的。

八一年

早知文字的魔力；但在閱讀杜斯妥也夫斯基（Dostoyevsky）之前，我不知道文字的力量有如此之大。一九八一年初春的一個晚上，我躺在床上讀岳麟翻譯的《罪與罰》（*Crime and punishment*），讀到拉斯柯爾尼科夫作惡後熱病復發，覺得自己也發起燒來。拉斯柯爾尼科夫不停地產生幻覺，其中一個是被各種各樣的人包圍，「他們歎息著，爭論著，互相呼喊著，一會兒把話說得很響，像在叫喊，一會兒又壓低到像在竊竊私語。人一定很多，整座房子的人差不多都跑來了。」他這麼寫呀寫呀，我讀得呼吸困難，從床上跳下來，大口喘氣。

我住在臨街的小房間裡，在一幢老式樓房的底層。窗外是垃圾通道，早上四點半鐘，一位老頭兒——有時帶著他的妻子——準時趕來，用一柄大鐵鍬，在水泥通道裡吱吱嘎嘎地鏟。我早就不再抗議了（如果某一天他沒有來，我也會在那個時刻自動醒來），有時走到外面，同他聊幾句天。送走他後，睡意全無，看一會兒功課，然後到街上跑步。天或早或晚地亮了，人陸陸續續出現在街道上，世界即將還原為我們在白天熟悉的模樣，這時，一個問題難免要跳到心裡：這個世界，與拉斯柯爾尼科夫的彼得堡，是同一個嗎？

我相信自己看待世界的方式，大約就是在一九八一年前後定型的。如同我們不能在同一時刻「全部」看見一張桌子上的什物①，我們從來不能看見任何事情的「本來樣子」（如果這個詞有任何非形而上的意義的話）。我們得選擇自己版本的世界，給它塗上顏色；我們得決定自己要在哪一個世界裡生活。

一九八一年發生了許多事情，諸如「決議」；胡耀邦出任中共總書記；「五講四美」；女同學都在讀瓊瑤，讀完後再看我們，就只有不滿的眼神了。我們這些男中學生，衣著可笑，打打鬧鬧，沒有女朋友，沒有錢，一大消遣是看電影。在排隊買票的時候，一個同學裝出意味深長的口吻，說：「這些人……他們早晚要給咱們讓地方的。」他們；我們。是的，生活已展示出荒唐的、缺少意義的一方面，只不過，在這些尚未成年的人看來，那是別人的生活，而我們自己的，則註定會豐富多彩。在此兩年前，從《世界文學》[②]雜誌上，我讀過一篇叫《變形記》（*The Metamorphosis*）的小說，在上面批了一句：「瞧這些『人』！」——這些人，而不是我。這可笑的——而且被證明為可笑的——信心，又是來自哪裡呢？

一九八一年，公共輿論中有過幾次爭論，如對《苦戀》[③]的批判，對朱逢博[④]的批評。有一件事，也許只有那時的中學生才會記得。上海的一個中學生，寫了一篇作文，我依稀記得，文章把社會寫得很「陰暗」，引發一場討論，在報紙上，也在我們中間。同學W不滿我的態度，給我寫了一張很大的「紙條」。W讀過許多書，對大多數事物有成形的看法，所以不難理解他那「過來人」的口吻：「你們這些小青年，還沒進入社會，只是看了幾本書，讀了幾張報紙，就覺得這也不好那也不好，好像花也不香了，水也不甜了，明天的太陽也不要出來了……」寫到這裡，我給W打電話（我們現在仍然是要好的朋友）。他說，完全不記得有這回事了。

我那時是什麼態度呢？也記不得了。不過，在舊紙堆中，我找到一大疊訂在一起的稿紙，首頁用很大的字，大言不慚地寫著「1980～1981草稿」。裡邊有一篇，用了十幾頁，喋喋不休地講述擠公共汽車的經歷。其中有一段是：

「我直挺挺地被夾著，如果不是或遠或近的疼痛指示著，我就無法分清這交叉著的許多四肢有哪些是屬於我的，我的又在何處。我沒有可以持牢的地方，但這並不重要，因為我已經沒有摔倒的自由了。……我承認這種狀態也不無壞處。」

這是矯揉造作的，模仿的；不過，我辨認出一些我現在仍然擁有的秉性。我相信到了一九八一年，我已不再有機會擺脫文學的影響。我只能看到可敘述的世界，不管我多麼努力（到今天，我足足有二十年不怎麼閱讀文學作品），那些文學性的殘片，一條一綹地糾纏在這一世界的結構上。不過，文學多麼廣闊！同樣是憂傷的，雨果（Hugo）的巴黎，狄更斯（Dickens）的倫敦，與杜斯妥也夫斯基的彼得堡，又是多麼不同；而我絕不是個陰鬱的人，相反，我對幾乎所有事情心懷樂觀，但為什麼我不能夠像巴爾扎克那樣興致勃勃，為什麼不能有福樓拜（Flaubert）那種對日常生活之細節的興趣？很多時候，就像夏多布里昂（Chateaubriand）說過的，「越是蕭索的季節，越是與我共鳴」，這是怎麼一回事呢？

這一年中，我又找來一些杜斯妥也夫斯基的作品，讀得很起勁。我記得有《被欺淩與被侮辱的》（*Humiliated and Insulted*）、《窮人》（*Poor Folk*）和一部中短篇小說集，似乎都是五十年代的譯本（謝天謝地，那時我沒有讀到他的「哲學小說」，如《白痴》〔*The Idiot*〕《卡拉馬卓夫兄弟》〔*The Brothers Karamazov*〕和《群魔》〔*The Possessed*〕）。杜斯妥耶夫斯基的世界，既是悲慘的，又是令人興奮的，而悲慘恰恰是令人興奮的原因。他筆下的靈魂，通過煎熬來確認自身的自由，彷彿活得愜意，是有腐蝕性的事，甚至是墮落。讀完他的幾本書，我好像從山洞裡爬出來，見到陽光，不自覺地要眯起眼睛。

我不想強調杜斯妥耶夫斯基的影響，實際上，到現在我也不知道他對我有什麼實際的影響。他只是一個例子，一個閱讀的例子，展示閱讀是如何塑造我們，而所謂理想主義者，不過是讀書人的外號。我們接觸世界，用這本末倒置的方式，在把腳踏入真正的河流之前，我們——我相信我描述的絕不只是我自己——滿懷成見。中國古代的讀書人，閱讀發生得很早，不過，他們閱讀的材料，或者不是文學性的，或者（如古典詩歌）只是一絲一縷的描述，他們得在若干年後，才有能力從局部演算出作者的整體觀感，那時，他們自己的世界觀已經形成了。而一部像《浮士德》（*Faust*）或《愛麗絲夢遊仙境》（*Alice*' *s Adventures in Wonderland*）那樣有相當大規模的文學作品，直接將另一個完整的世界想像給我們。只要願意，我們只用幾個小時，便可遊覽一個世界，掩卷之後，推開窗子，我們面前的，臥在陽光中的世界，彷彿並不那麼原本，也不那麼優先；除了現實感的損失，這種態度，還帶來其他的損失了嗎？

我想是的。索爾．貝婁（Saul Bellow）（他是我最後一個喜歡上的作家）寫過一篇〈杜斯妥耶夫斯基眼中的法國人〉（The French As Dostoevsky Saw Them），裡面說道：「對於一個法國人，法國世界就是整個世界，別的樣式都是不可想像的。……一個倉庫保管員對我說：『你們國家，天氣熱得要命。』雖說他壓根兒沒有去過我的國家，但要想知道這一點，還是用不著離開巴黎的。」貝婁的這篇評論，對象是杜斯妥耶夫斯基的《冬日所記夏天的印象》（*Winter Notes on Summer Impressions*），而杜斯妥耶夫斯基在文章中展示出來的品性，與貝婁挖苦的「法國人」的脾氣，一模一樣。是的，杜斯妥耶夫斯基枉駕去了一趟歐洲，不過讀過這篇札記的人都能看出，他對歐洲的看法，老早就形成了，那次旅行不過是尋找材料，證實他的先見之明而已。他對歐洲的評論，膚淺，專橫，比如他寫道：「你在這裡看到的不是人，而是意識的喪失。」真正的觀察者，是寫不出這樣的句子的。我有點懷疑，在他的長篇小說中，對俄羅斯日常生活無數細節的很是囉嗦的描寫，絕不是出於相信這些細節是值得注意的，而是相反。

去年的一次旅行，第一天遇到幾個願意同我聊天的當地人。按照出行前的計畫，這正是我要的機會，但不一會兒我就厭倦了；最後一天，在一個叫天花墕的地方，一個撿瓶子的老漢邀請我去他家做客，這最後的機會，我仍然拒絕了。從第一天到最後一天，我對自己說，沒什麼值得打探的，同樣的生活狀態，同樣的動機，同樣的快樂和不快樂，會有什麼新鮮事嗎？——這種想法糟糕透了。某種經驗彷彿獲得了先驗的地位，它的自大及對其他經驗的排斥，我知道是極端有害的，卻不知道如何去糾正。

一九八一年的高中生，是一批隱身人。我們一整天在課堂上，只有一早一晚，騎著自行車，在成年人眼下一閃而過。我們想成年，急不可待，準備接收這個世界，對於後面的事情，一無所知，也一無懼色。我們忽略的一件事是，那是閱讀成風的年代，不只我們，成年人也在讀書，比我們讀得更多，理解得更多，我們不知道我們會變成什麼樣子，他們知道，他們知道我們會變成他們。

我和我的同學們，很快展現出各自的傾向，很快變成了成年人。W先是做生意，後來離群索居，只偶爾與朋友們過往。有一次我看到他在讀蒙田（Montaigne）的書，對他說，蒙田的智慧，是你二十年前需要的，現在讀他，是不是有些晚了；W說，二十年前，便是見到蒙田，也看不下去的。

W一直鼓勵我朝文學的方向發展，這與我對自己的打算完全相反。我有些厭煩我身上的「文學氣」。比如說，我把這篇文章命題為「八一年」，還有一個理由是，杜斯妥耶夫斯基死在一八八一年——這種表面的搭配，似有深意在焉，其實毫無意義，而我會立刻注意到這種結構，得壓抑著某種衝動，才能避免不就此說些蠢話（我終於還是把這個關節寫下來了，看來無可救藥）。

文學也罷，別的也罷，一九八一也罷，二〇一三也罷，一代代青年，一點點改變的世界——我這麼說，好像世界有某種實際面目似的，當然沒有。讓我舒心的是，也就不可能有完全合於實際的生活態度，「實際」上，最「實際」的態度，想像的成分並不比其他態度裡面的少，每個人都在想像，想像的內容不同而已。

1 編註：各種物品器具。
2 編註：中國大陸介紹外國文學的雙月刊雜誌。
3 編註：編劇白樺與彭寧創作的電影劇本。
4 編註：中國女高音歌唱家。

中國古代的讀書人，閱讀發生得很早，不過，他們閱讀的材料，或者不是文學性的，或者（如古典詩歌）只是一絲一縷的描述，他們得在若干年後，才有能力從局部演算出作者的整體觀感，那時，他們自己的世界觀已經形成了。

自學

二十世紀七十年代，是一隻琴鳥，正身難看，尾巴意外地美麗。其中最漂亮的一株尾羽，在我看來，是末兩三年的讀書之風。那幾年的時代英雄，不是裝甲戰士，不是跑車富少，而是個戴眼鏡、背書包的呆子。是的，電影或小說裡的一大批男主角，都是呆子，不是把頭碰在很硬的地方，就是在洗衣服的時候，想著國計民生的大問題，結果把什麼都洗藍了。這些夢遊的傢伙，卻總是交好運，他們與女主角的邂逅，通常是在公共汽車或什麼廣場的臺階上，開始交談：

「喂……喂……你的書掉了。」

男主人公從深思中回過神來，笨拙地摸索一陣子，接過書，說：「謝謝。」

「這書可夠沉的……講什麼的呀？」

這時到了關鍵。男主角發表幾句漫不經心而又極有洞見的評論，漫不經心表示這本高深莫測的書（通常是三角學或費爾巴哈〔Feuerbach〕⑤什麼的）不過是他更加深不可測的知識海洋中的一滴水，洞見表示他真的看過這本書。半小時後，女主角就在給她的手帕姐妹打電話了：「我今天碰見這麼一個人……」

當時的另一種新風，是聽盒式答錄機⑥，聽鄧麗君，劉文正，還有張帝，「有人問我這樣一個問題，媽媽和老婆都掉到水裡」，等等。這些人穿喇叭褲，跳貼面舞，也是讓人羨慕的，不過比起書呆子，風頭要差一些，在電影裡，他們頂多是二三號角色。他們與讀書英雄的競爭，主要是在求偶場上，他們早晚會贏的，不過還得等幾年，此刻，他們的喇叭褲，要輸給別著鋼筆的細格襯衫，他們的「蛤蟆鏡」，要輸給別人的「蜻蜓鏡」——這個詞是我編的，因為在我的印象中，好多目光炯炯的人，也去戴眼鏡，越大越好，像蜻蜓的眼睛。

有個形容讀書聲的詞叫「琅琅」。這種聲音，到了早晨，和霧氣一同升起，籠罩住每個公園——都是讀英語的。公園裡有「英語角」，據說角裡的人都用英語說話，我那會兒在念初中，半大孩子，不敢往前湊，但老遠瞧著，像看西洋景，很是羨慕。好多人整本整本地背英文字典，事蹟上了報紙：某某女工堅持自學，背下幾百頁的字典，結果看懂了進口設備的說明書，替工廠節省若干元。幾天後她就失勢了，因為又有一位，背誦了恨不得有一萬頁厚的什麼字典。接下來的一個，在監獄裡才住了一年，就背了四本字典。這個我倒相信。

我現在出門，如果碰巧帶了本書，恨不得藏起來，夾在腋下，還要設法擋住書名，不讓旁人知道這是本什麼書，換在七十年代末，許多人出門，一定要夾上一本書的，像咱們帶上錢包一樣。

玩笑歸玩笑，我確實熱愛那個時代；當時的人，真的愛看書。比如說，今天我聽說了有什麼好看的書，先得問「有沒有電影啊」，如果有改編的電影，我就去看電影，不用看書了，而在一九七八年，越劇《紅樓夢》複映，有個姑娘，一連看了六遍，她已經上報紙了，還嫌不夠，又買了一套四冊《紅樓夢》，放在家裡邊哭邊看。那會兒的人，就是這麼怪。

一個響亮的新詞，叫「自學成才」。高考雖然恢復，解額⑦寥寥，在追求知識的風氣中，絕大多數人只能靠「自學」來「成才」。這股風氣傳播到學校裡，有點可惡，因為咱們上學，本來就是要逃避「自學」的苦難，學校最大的吸引力，就是它是個用不著「自學」的地方。結果呢，好多人都在「自學」，七月份自學八月的課程，上學期自學下學期的課程，初中生自學高中的課程，高中生自學大學的功課，大學生無可自學，有些人就自殺了。

在我們班裡，不管老師講到什麼，下面總有些人，眼睛裡快樂四溢，一會兒意味深長地點頭，表示他是老師的解人，一會兒打個呵欠，那意思是說：「天呢，非得用這麼簡單的東西來折磨我嗎？」我的功課還是很好的，老師問了一個問題，用不了幾秒鐘，我就想出答案了，剛想舉手，一瞧四周的手，舉得跟樹林子似的，我把他們這個恨呀。我擅長數學，有一回學校派我去參加「數學競賽」，打開卷子，眼前一黑，全是初等數學之外的題目，我是一點也不會，再看前後左右的同齡人，運筆如飛，還用胖胳臂肘擋著紙，好像我知道應該抄哪些內容似的。我枯坐一個半小時，心裡立下毒志，不再想做這樣的人了，而要改行寫文章，嘲笑他們。

我不擅長自學。是的，我的大部分知識，來自獨立的閱讀，不過，那不是有意去「學」的。一旦我真動了學習的心思，腦子立刻停轉，本來很簡單的書，也看不懂了。說起來，對某個知識系統的掌握，最好的途徑，還得是在學校中。比如會計學，一個人讀遍各種教材，會計入門或高等會計之類，仍會隔膜，因為沒有教師的講授、同學的切磋、適當的練習，所得的知識，始終缺少一種生動之感。當然，這只是對我以及許多像我一樣的人而言，世界上確實另有一批人，擅長自我教育，能夠「自學成才」。

回想起來，我曾努力自學的，多是些實用的知識。不久前聽幾位老兄憶舊，說到小時候裝礦石收音機的事，我趕緊插嘴：「我也做過。」原來，「文革」的秦火之後，家裡的書燒的燒賣的賣，所剩無幾，盡是些實用的書籍，《怎樣學游泳》、《番茄栽培技術》之類。我對番茄沒興趣，但發現了另一種好玩的書，是講無線電的。大約在小學高年級的時候，我打算動手了。什麼是檢波器，我自然不懂，但纏線圈總是會的，我姥姥纏毛線的時候，都是讓我幫她綳著。我把纏線圈當作第一項練習，纏了一會兒，滿頭大汗地想，為什麼要做這樣的苦差，為什麼不利用現有的線圈呢。家裡有一個壞掉的收音機，我把它拆開，朝裡面瞥了一眼，立刻覺得無線電這種事，不適合我，那些五顏六色的大管子，小管子，粗管子，細管子，比我的神經還要複雜。我拆出唯一認得准的零件，一塊吸鐵石，拿去玩沙子，不再想什麼收音機的事了。

我的工程師之夢，沒有就此完結。所有男孩子，都著迷於「自動」的機械，也就是離開人力而動作的東西。我訂的雜誌中，有一種叫《少年科技》，我把它看了好幾年，自詡深諳機械之道，便花一元錢，郵購了一個直流電動機。打開盒子，那傢伙的大小和模樣，都和雞蛋差不多，尾端有兩個小小的接線柱，前面露出一小截鋼棍，便是主軸了；如何把這光溜溜的軸與機械相聯，我一無頭緒，不管怎麼樣，我興高采烈，立刻著手裝配——先是「直升機」，從馬口鐵剪出葉片，擰束在軸上，接通乾電池，「直升機」一向旁邊一歪，葉片有氣無力地轉了半圈，在地上磕出些塵土，就無聲無息了。這是我預想到的——我固然沒有聰明到能造出直升機，但也沒傻到真心以為這破玩意能飛起來。

我真正想做的是一輛車，我便做了，用縫衣線的木軸當輪子，用了蠟燭段兒來潤滑，然而不知為什麼，我的車原地哆嗦，不肯行進。我又造了一艘船，有假煙囪和假炮位，還有艦名，是什麼我忘記了——其實它就是個木盒子，以前裝過藥丸的。我在盒底掏出洞，把「螺旋槳」伸出去，接通電池後，它轉了！轉得也許不那麼好，可確實在轉。我邀請最要好的幾位朋友，去山腳下的一個大水坑，觀看首航。那天有點兒颳風，我的戰艦一放到水裡，就飛快地下沉，下沉，一直沉到水底。我把電動機打撈出來，帶回家，做了一個小風扇。這次成功了，我便舉著它，從臉上吹掉愚蠢的熱氣。

很多事，看書是不容易學會的。我以前談過博物的話題，而沒好意思說的，是我其實使大勁「自學」過這種知識，然而所得極微。一隻鳥在空中飛過，如果我能有把握地指出它的名字，那它一定是我在小時候便熟知的；我在書中讀到過那麼多的鳥名，用力記憶其在插圖裡的樣子，然而，如果沒有完善的分類學知識，所見一片散沙而已，而分類學知識，恰是「紙上得來終覺淺」一類，如不輔以觀察，總歸茫茫。

但怎麼觀察呢？如果是在學校裡，會有適當的標本，配合著所學，有野外的考察，教師帶領著，指導著。對我來說，便只有困難了，我在野外見過許多種漂亮的、樣子稀奇、鳴啼悅耳的鳥，可它們飛得那麼快，沒等我將其與書中所見對上號，就杳如黃鶴了。也有在枝頭或地上停落的，可不等我接近，不等我看清它喙的形狀，不等我數清尾翎的數目，撲楞一聲逃掉了，要知道我對它們一點惡意也沒有，而且吃過早飯了。

孔子說讀詩可以「多識於鳥獸草本之名」，然而，只知道名字，有什麼用呢？在古典詩歌中，許多鳥的名字十分美麗，令人心喜，鶺鴒，鸕鶿，鴝鵒，鷓鴣，鷦鷯……我知道它們都是鳥，可到底是什麼和什麼呢？摯虞有《鵁鶄賦》，若查舊注，說長得像鳧，可到底是什麼樣呢？謝惠連有《鸂鶒賦》，若查新注，說是一種鴛鴦，可我連鴛鴦也沒見過呢。

有時我懷疑，古代的詩人，也未見得瞭解他們筆下美麗的鳥。一寫到傷感處，順嘴就說「瀟瀟暮雨子規啼」，或者「聲聲啼血向花枝」，可這種鳥真的飛到面前，詩人果認得出嗎？詩中的另一位常客，是鷓鴣，我張嘴就能念出「江晚正愁餘，山深聞鷓鴣」、「宮女如花滿春殿，只今惟有鷓鴣飛」、「楚客天南行漸遠，山山樹裡鷓鴣啼」之類，可作為北方人，實不知鷓鴣是什麼模樣，據說它的啼聲聽著像「行不得也哥哥」，故古代詩人多用它來寓客遊之思，可我又哪裡聽到過。是的，我從古畫裡，從講鳥的書裡，見過鷓鴣的模樣，可總不大相信，這富有同情心的小鳥，難道如此平凡？我把這個心事，懷了很久，最後總算見到鷓鴣的真身了——是給盛在盤子裡，烤得黃黃的，油油的，一根毛也沒有，還冒著熱氣呢。

5 編註：德國哲學家。

6 編註：指錄音帶隨身聽。

7 編註：古時各地方准許解送舉子參加省試之名額稱「解額」，此應指高考錄取名額。

咱們上學，本來就是要逃避「自學」的苦難，學校最大的吸引力，就是它是個用不著「自學」的地方。結果呢，好多人都在「自學」，七月份自學八月的課程，上學期自學下學期的課程，初中生自學高中的課程，高中生自學大學的功課，大學生無可自學，有些人就自殺了。

更好的世界

在圮壞的記憶裡搜索舊事，如同在廢墟裡翻找泥壺的碎片。無論如何，對書的第一個印象，就在那裡擺手呢。一本彩色的連環畫，開本大到要用兩手捧著，至於書名，可忘掉了。我記得的，是其中的一頁，畫著一個男孩和一個女孩，年齡比我當時也大不許多，頭挨頭地伏在乾草上做功課。旁邊有一盞油燈，正把黃燦燦的光線灑在兩張純淨的臉上。那光線像溫暖的被子或隱身的衣，把兒童與外界隔開；這連環畫說的是戰爭年代的故事，在畫外，想必有許多殘酷的事，既然不為油燈所照見，便不存在了——本來這記憶早湮沒了，幾年前，看一張宗教畫時，忽然想了起來，就再沒忘掉。

當時我大概三四歲。也在那時，還看過一大本「文革」漫畫和帶插圖的一種《聊齋》選本，後者中畫有陰間的角色，能讓一個孩子出半天的神，但要論生動，絕不及前者中兇惡的臉，刺刀和木枷，血滴和人骨。類似的圖像，當時遍街都是，拼出一個成年人的世界，忽而喧囂，忽而死寂，有時令人興奮，有時令人害怕。作為孩子，我們要在街上玩假槍和泥巴，也要在晚上，聽一個故事，或者看一張溫暖的圖畫，我們要活在真實的世界裡，也要睡向另一個世界，更好的世界。

我年輕時很喜歡狄更斯的小說（現在也喜歡，只是許多年不曾讀了）。有個朋友，很嘲笑我這種趣味。我有一半同意他的看法，知道狄更斯的小說對世界修飾過重，差不多就是成人童話——又怎樣？所謂文學，就是造出一個讓人信服的世界（或其一角），至於它和原本世界的關係如何，不是最重要的。和生活的實際不同的，是作為讀者，我們可以挑選不止一種世界，來配合自己的觀點或心情（而那是經常變幻的，一個人喜歡過的書籍，是比記性更可靠的精神記錄呢）。

前年故地重遊，幾乎找不到什麼可與回憶相印證，彷彿那些年是活在雪中，而雪已化了。我得使用十分的力氣，才能想像出一個孩子，被晚間隆隆的火車聲擾了一下，從書本子上抬起頭來。那是什麼書？說不定就是《塊肉餘生記》（*David Copperfield*），我相信，如果能找到那本舊書，在兩位主人公最終成愛的一頁上，還有當年的淚痕吧。更可能是《格蘭特船長的兒女》（*The Children of Captain Grant*），此刻閉上眼睛，還能想出書中最喜歡的一幅插圖的模樣，「鄧肯號的帆架掠過南極櫸的樹枝」（Edouard Riou 給該書畫的一百七十多幅圖中的第二十五幅），彈跳著月光的水波，向少年標出一條通道，沿著它可以一直駛到行星之外。

現在我知道自己為什麼不喜歡當代文學中的兩類，一類是寫實際世界有多麼多麼壞——是的，但我知道了；一類是寫得瑣碎，想把「本來的樣子」還原給我們——是的，但謝謝了。我承認這兩類裡邊，都有了不起的作品，但沒有辦法把這樣的書讀上兩遍（這說的是年輕些時，至於現在，如事先知道，一遍也不看），因為（只就讀過的一些而說）看到的多是磨碎的精神，匍匐的姿態，和對工具的錯誤選擇。不是說我躲避描寫苦難的小說——我是多麼熱愛杜斯妥耶夫斯基啊，曾經讀《罪與罰》讀得和主人公一起發燒。在杜斯妥耶夫斯基那裡，辛苦是靈魂的階梯，而不是——像在許多當代小說中那樣——呻吟的材料。

更好的世界，不是更無趣的世界——也許我該說更生動的世界。最早愛看的魯迅作品，是《起死》和《鑄劍》。《起死》自然是看不懂的，但裡面有骷髏，有巡警，還有奇怪的對話，可以做童話讀。《鑄劍》裡有驚心動魄的割頭，有兩隻頭在鍋裡打架，還有古怪的歌，這故事在說什麼，當時自然也是讀不懂，但對黑色的氣氛，無法不有所感。

一天一天地生活，一本一本地讀書，兩邊的零星感受或相對較，或相摻和，有的已辨別不出原始，有的遙遙相對，我們不都是這麼成長起來的嗎？

書籍只是一半。小時候的晚上，多用來遊戲。偶爾抬頭向天，看到那種星空，就想把視線伸出去。至於現在，本來應該屬於情感的，易主為理智，更何況提醒你只有一個世界的因素越來越多，其他的因素越來越少。不單是對成年人如此。

冬天的故事

人性美好之處，有時曲曲折折地流露在意想不到的地方。當年的「革命文學」，無不奮力捏造理想人格，或理想的生活狀態，就整體而言，無一有真正的成功，只偶爾在些小地方，機緣巧合，草從石頭縫裡露出頭來。我在本書「更好的世界」一文裡，提過一本連環畫中一個畫面，是兩個小主人公在油燈下學識字。這連環畫叫《鉛筆頭的故事》。就故事而言，它不過是眾多拙劣努力之一，但再普通的故事，講在冬天——還需要一些巧合，特殊的場景與聽眾特殊的感受碰到一起，便有溫暖人心之用了。

我讀那連環畫時大約三四歲，恰是周圍世界最瘋狂、最殘酷的時候，雖然不懂事，那肅殺之氣，還是能感受到的，從其他讀物中，從成年人的表情及樓內樓外無處不在的廣播聲中，從塗遍牆壁的強烈色彩中。十五年後，也是在冬天，遷居到現在的城市，忽然感到某種溫暖，不是因為氣候，也不是因為受周圍人心情的影響，——那時這城市與農村交錯，我們進城時，穿過一個大集市，熱熱鬧鬧地擠著些人，買賣著各種各樣的貨物。那些粗俗的雜貨，在那一時刻，奇怪地有溫暖人心的力量，正如在莎士比亞的《冬天的故事》（*The Winter's Tale*）中，在潘狄塔正式出場之前，關於她命運的溫暖消息是從小丑——她養父的兒子——嘴裡，用這種方式透露出來的：

「三磅糖，五磅小葡萄乾，米——我這位妹子要米做什麼呢？……豆蔻仁，七枚，生薑，一兩塊，烏梅，四磅，再有同樣多的葡萄乾。」

少年時喜歡過的書，有一小部分，後來重讀過，或是因為那作品重要，不得不重讀，或是想驗證一下自己。重讀《教育詩》（*The Pedagogical Poem*）（磊然的譯本），當是後一種目的。我在三十多歲時重讀這書，有點羞愧地發現——這時候我已經不能同意馬卡連柯（Anton Makarenko）的教育思想了——我仍然喜歡這書，特別是它的第一卷。

《教育詩》在用革命的口吻，講革命時代的故事，事實上，作者的姿態，大大傷害了這部作品，比如對人性過於簡化的理解和處理，就十分遺憾。不過——忘掉革命吧，甚至也忘掉教育，《教育詩》就是一篇關於人性的童話。書中有個細節，說的是在教養院的晚上，寢室裡總有朗誦會，朗讀普希金（Pushkin）、柯羅連科（Korolenko），也朗讀高爾基（Gorky）。讀完《童年》（*My Childhood*）和《在人間》（*Among People*）後，學童感歎道：原來高爾基和我們是一樣的人啊，真是好極了。——我對這感歎一點也不信，它太像革命創作了，太富於說明性了，我承認有那麼一點點可能性，學童真這麼說過，但即使如此對我也毫無說服力。

儘管充斥著這樣的「革命細節」，《教育詩》，特別是第一卷，仍然是本暖和的書。馬卡連柯是個好心腸的人，對人性抱有奇怪的信心，這種信心——加上那個時代的革命主題——把他的工作歪曲了兩次，一次是在他觀察時，一次是在他講述時。這種趣味，通常是屬於通俗文學的。但是，管它呢，就當看童話好了，就當馬卡連柯是個簡單、孩子氣的作家。他的書中還寫過：「教育學裡往往真會有這種奇怪的現象：四十個穿得破破爛爛、肚子半饑半飽的孩子，在一盞油燈下興高采烈地玩著抽籤遊戲，只是裡面沒有接吻。」整個文學史中都有另一種奇怪的現象，穿得破破爛爛、從肚子到精神都半饑半飽的孩子們，也興高采烈地讀著與自己的生活毫不搭界的故事呢，而且在革命時代，裡面也沒有接吻。

還要再提一遍杜斯妥耶夫斯基，在某種意義上，他也是個令人溫暖的作家。這麼說有點奇怪，因為他像任何一個嚴肅的作家般，克服自己的幻想，也不怕粉碎讀者的幻想，他的世界，大多是寒冷殘酷的，不過，知其為寒冷，這本身便是溫暖的起源了。他用對寒冷的有力描寫，告訴我們溫暖在什麼地方，何況，在敘述的中途，杜斯妥耶夫斯基每常抑制不住柔軟的天性。這種放縱，如果從純粹文學的角度看，是失敗的，但讀者是多麼感謝這失敗呀。

史蒂芬·茨威格（Stefan Zweig），另一個我喜愛的作家，說過這麼一句話：「指望世界的良心，簡直就是不要命了。」原先他可不是這麼想的。他的故事，總是寫不長（除了一兩次例外），因為他忍受痛苦的能力太弱了。那些故事裡，他下潛到人性的深處，剛一瞥見他不想看到的，便即上浮，順便把主人公拖出水來。這雖妨礙他成為更偉大的小說家，卻另有感人之處。

準備好了嗎

父母有位老朋友，這裡稱之張先生吧。二十世紀七十年代中期，張先生把一只書箱寄存在我家。我那時找本書看是很難的，自然瞧著它眼熱。那小箱子外面密密緘束，讓人覺得裡面定有好東西，忍了一年，終於忍不住，前去鼓搗，發現用繩子紮起之故，竟是沒有鎖。再也把持不住，解開麻繩，打開書箱，心裡怦怦地跳，一本本翻弄。

大約一兩月之後，我正在院外玩，看見張先生一步步走向我家，大驚失色，飛奔回去，連名帶姓地報告：「張某某來了！」張先生在後面聽個正著，哈哈大笑。多年後我去瀋陽探望他，他又說起此事，難免又笑一場。

張先生的書，現在我尚能記起的，一本是郭沫若的《李白與杜甫》，一本是斯湯達[8]（Stendhal）的《紅與黑》（*The Red and the Black*）。

在比我年長十歲左右的人——也就是「知青」一代——中間，《紅與黑》很流行。我有一次差點借到《紅與黑》，一位大哥哥把書用報紙包著，好像那是個炸彈，剛要交給我，他的一個朋友走過來說，不要給小孩看這樣的書。

從張先生那裡，我讀到嚮往已久的《紅與黑》。

然後心裡想，怎麼會有人寫這樣的故事？

在我的記憶中，年輕時只有一本書，我對其厭惡的程度要超過《紅與黑》，那就是幾年後讀到的《俊友》（*Handsome Friend*），莫泊桑（Maupassant）的小說。《俊友》是我打心眼兒裡憎恨的小說，它呈給我的是一個骯髒、是非顛倒、沒有正義、沒有慈悲的世界，裡邊的人或者可惡之極，或者倒楣之極，而我把它從頭到尾讀了一遍，也屬倒楣之極——我沒有重讀過它，這裡說的是高中時的印象。《紅與黑》我也沒有重讀過，有時我想，再讀一遍，或許另有想法吧。但又擔心新的觀感會同少年時的印象混雜起來，成為一團面目模糊的東西。

成年人的世界是什麼樣？那時從未多想。對兒童或少年來說，成年人，除了幾個英雄，灰頭土臉地不知在幹些什麼，除了提供食宿，簡直一無用處。他們的世界？就算有，又會有什麼趣味？我們自然也隱隱約約地知道，自己也會成年的，但差不多每個孩子，望著身邊的成年人，心裡想的都是，我長大了，一定不會同他們一樣。

少年人當然不會覺得成年人的世界是個悲慘世界——即便是，也沒關係，正可以逞英雄，拯這個救那個，我們不是被這麼教導的嗎？有點讓人起疑的是，成年世界有可能是瑣屑的，由一大堆日常事務堆積而成，至少，從福樓拜的小說看，是這樣的。我從來沒喜歡過這個偉大的作家，這讓我有點懷疑自己在文學上的趣味——這是此刻，也就是成年後的想法了。那時不知道的，是與少年人幻想世界一樣，成年人眼中的世界可以同樣是不真實的，區別或在於後者多了些邪氣，少了些趣味。

初讀杜斯妥耶夫斯基已經是念高中時。一直到現在，也是喜歡《被欺淩與被侮辱的》勝於《罪與罰》，為什麼，卻說不清。至今能想起當年在夜間閱讀他的小說，讀得不能呼吸，要爬起來在屋裡走幾圈，至今忘不了他有力的句子：「這是一個可怕的故事，這個故事說的是……這是一個陰森可怖的故事，在彼得堡陰沉的天空下，在這座大城市的那些黑暗、隱蔽的陋巷裡，在那令人眼花撩亂、熙熙攘攘的人世間……」

正如前面所說，這樣一個世界——如果真是這樣——並不會令人望而生畏，反倒有點讓人躍躍欲試呢。問題是世界有可能比那更……更什麼呢，那面貌在我喜歡的一些作家那裡也已有所洩漏。巴爾扎克（Balzac）的小說中，我最喜歡的一本是《高老頭》（*Father Goriot*）。在《高老頭》的結尾，拉斯蒂涅埋葬了青年人的最後一滴眼淚，熱切地眺望熱鬧非凡的現實世界，說：「現在咱們拼一下吧。」我那時雖小，也知道他絕不是要改變這世界，而是相反。

老兒童團團歌的第一句歌詞便是：「準備好了嗎？」每個少年人，準備好成年了嗎？是啊，差不多每個人，都認為自己準備好了，而預想的角色不同。實際的世界，和現在電視裡的絕不一樣，和過去書本裡的也絕不一樣——甚至與斯湯達、福樓拜，甚至與更寫實的當代小說家書中的世界不一樣——我猜是如此吧，我又知道什麼呢？當代小說家我讀得如此之少，原因之一，就是他們書中的世界，與我感知的世界，近似得過分了。

8 編註：本名馬利—亨利・貝爾（Marie-Henri Beyle），法國作家。

文學與序言

一九七六年夏天，家家院子裡都搭著「地震棚」。八月的一個中午，我進屋取一本書，書主，我的一個同學，在院外等著我歸還他的寶貝。就在這時，下了一場猛烈的冰雹，我驚恐而興奮地奔到門前，眼看「地震棚」頂的油氈紙給砸得稀爛，大小不一的雹子在院子裡亂跳。同學已不知去向，我為他擔心，又閃過一個邪惡的念頭。

這本讓我愛不釋手的書，是《魯賓遜漂流記》（*Robinson Crusoe*），二十世紀五十年代末重印的方原（即徐霞村）譯本。

偶爾會有點後悔的，是小時候讀了太多的小說，多半還是糟糕的小說。比如「革命文學」，小學期間不知看了多少本，有每年新出的應時作品；還有「十七年」間的小說，當時雖然遭禁，仍在流傳；又有國外的小說，容易得見的，仍然是「革命文學」，《鐵流》（*The Iron Flood*）、《牛虻》（*The Gadfly*）之類。肚裡積了這麼多「牛黃狗寶」，不知是福是殃。當然，知識還是攢起一些的，比如當年聽說要遷居石家莊，想了一會兒便想起：「這地方我聽說過……在一本叫《戰鬥在滹沱河上》的小說裡……」

認真說來，後悔是談不上的。第一，那時書少，不讀這些，省下的時間也無從去看別的書，多半用來爬山上樹，說不定還要把腦子摔壞；第二，所謂「三人行必有我師」，不好的小說，裡邊也盡有可體會處。以往的經驗，到底在心中留下了什麼印跡，是極難索解的事，一本書對人的影響也如是，如果認為讀不好的書就是不好的事，便同那些禁書者想到一起去了。

記得讀過一個短篇，寫大躍進時，江南什麼地方，有個「中農」把包穀藏在櫃中，晚上偷偷煮來吃，少先[9]隊員起了疑心，夜晚在窗下偷聽動靜，終於揭露云云。許多故事都如此類，小時候讀著歡欣鼓舞，成年之後，自會知道是怎麼回事。

若硬要去分析，那類文學中對人的分類，那些呆板的性格，單調的敘述，那些殘酷和愚蠢，那些對人性最膚淺和粗暴的解釋，我似早已拒絕了，若還有印跡，也同時是許多年中的經歷所遺，不得單獨歸咎於小說了。還有一方面的影響，是要在生活中發現戲劇化的意義，也許算個毛病，但整個文學——除了現代的一些個——傳統，盡皆如此，不獨「革命小說」為然了。而且，這種秉性，對日常生活雖有干擾，要我除掉它，還捨不得哩，因為它包含——或從屬於——對人類的整體感覺，那則是很好的東西。

文學和其他東西不同，它再糟糕——除非是糟到極點，而那樣的東西是難以流傳，難以影響人的——也不會單調到像權力所希望達到的那樣。理想國容不下的——在柏拉圖的想像中——是詩人，而不只是好詩人；同哲學相比，文學天生就是混亂、多歧、形而下的，彙聚著複雜的經驗以及對他人的想像（哪怕是糟糕的想像）。對任何完美的國度，這樣東西，哪怕是在最俯首貼耳時，也多多少少地有著破壞性。實際也是如此，五十多年前最小心翼翼、最無恥地寫下的小說，到了四十多年前，就被發現含有種種「反動」因素了。

我還記得，當時讀的國外作品，不管哪類，多有長長的前言，由吹捧和批判組成。這些前言，對一個小讀者的閱讀的影響，因著書的不同性質，有所不同。除非我記得很錯，對文學書，它們的影響最小，試想，前言中那些粗暴的概念，遇到狄更斯這樣的好手，怎麼能不丟盔卸甲呢？前面提到的《魯賓遜漂流記》，有楊耀民寫的序，我當年也是認真看過的，序言中說：

「但是他受到時代和階級偏見的限制而擁護殖民制度和種族歧視，這卻是與大資產階級一致，是反動的。對勞動人民，他所關心的只是使他們有工作，能生產財富，這又與資本主義的要求相吻合。」

楊耀民的序其實寫得很好，這類官話占的篇幅極小，不過是當時的應景文章，不如此，書是印不出來的。然而，就算通篇都是這些話，又有何用，讀不數十頁，不等魯賓遜遇到風暴，每一個讀者，都早把它們忘得一乾二淨了。

我們這一代人成長的環境，現在想來，令人不寒而慄——那是一張由整套觀念組成的網，對生活中的所有事件，無不有著最簡單的解釋，那是一個加工廠。但我們仍然長成了人，而非產品，因為生活，無論在其物理方面還是精神方面，都太紛亂了，世界還沒有、也不會有一種觀念體系，能夠克服其雜亂無章。在這一方面，文學是做不到的，神學也是不能夠做到。

9 編註：中國少年先鋒隊，是中國大陸共產黨的組織。

我們這一代人成長的環境，現在想來，令人不寒而慄——那是一張由整套觀念組成的網，對生活中的所有事件，無不有著最簡單的解釋，那是一個加工廠。但我們仍然長成了人，而非產品，因為生活，無論在其物理方面還是精神方面，都太紛亂了……

混沌的閱讀

現在看來，我在少年時的閱讀，在任何一個方面都是混亂的。沒有適當的次序，沒有均衡，在這一方面超出了理解的範圍，在那一方面又缺少必要的基礎，到了後來，知識結構奇形怪狀，補繕不及，難免捉襟見肘之窘了。在那個時代，這種情形還不少，我遇到過不少年紀相近的人，都有類似的問題。原因也都一樣，讀物匱乏，又沒有指引。有個朋友對我說，他曾以分冊本的《辭海》，作為找書的嚮導，我說我也是啊，有好幾年裡都是拿它當學史、當目錄書用。而這比盲人瞎馬，只是稍強而已。

若要從這混沌中撈出什麼好處，或許是提前把一些問題埋在頭腦中，如種子藏在乾硬的土中，至於將來能不能出芽，就要看機緣了。不過這一好處，似乎敵不過另一種壞處，那就是，好比一處美景，我們若曾匆匆觀覽過，以後便有機會，也不很有心情再細細玩味，而多半會自大地說：「我去過那裡。」是的，去過了，看過了，聽過了，一旦為遊客，再難作鄉民，而許多東西，是值得住在其中的。

盧梭的《懺悔錄》（*The Confessions*），我是在初中三年級讀的，讀了個七葷八素，主要的印象，是他寫這書時似乎在發燒，而又有奇怪的能力，讓讀者也陪著他發燒。至於書中到底說了什麼，早忘掉了。這書值得更好的待遇，按理我應該在成年後重讀的，而再也沒有讀過，原因有兩個，一是當年閱讀它的印象不愉快，二是如前所說，「我看過了」，勉強可以自滿了。

另一本《懺悔錄》，奧古斯丁（Augustine of Hippo）的，第一遍閱讀時，我已是二十多歲的年輕人了，然而仍然理解得很少。胡亂翻閱一通，看到最後一頁，心裡想的是，「總算把它看完了」，如釋重負，把書扔在一邊。過了十來年，不知什麼緣故，偶然把它拿起來，算是讀進去了，不知高低，只是隱約不安。又過了十來年，也就是幾年前，第三次讀這《懺悔錄》，才為從前慚愧了。三複奧古斯丁的《懺悔錄》，方知自己一向不求甚解，錯過了多少好東西。

另一個例子，是但丁（Dante）的《神曲》（Divine Comedy）。高中期間，王維克的譯本再版，家父買來，我也跟著讀了。本就聽說過它的大名，所以讀得恭恭敬敬，但說實話，很多注意力，倒是放在多雷（Dore）的插圖上了。《神曲》的力量，無法不令人印象深刻，以後的這些年裡，若有人問我《神曲》是不是偉大的作品，我一定說是，但要說為什麼偉大，我又說不上來，除非是學舌別人的評論。我知道這著作的規模宏偉，但其中或明或隱的意義，極少了然。成年後又翻過幾回《神曲》，沒一次能讀完的，若說從《神曲》中留意到了什麼，不過是但丁那有力的風格和豐富的修辭（這兩種還是通過譯筆，肯定打了折扣），其餘一團糊塗而已。

比方說，在但丁的地獄中心，地獄之王從永恆的冰中探出半截身體，三個面孔的三張嘴中各銜著一個罪人，其中一個是猶大（Judas），另兩個竟是刺殺凱撒（Caesar）的布魯圖斯（Brutus）和凱西烏斯（Cassius）。布魯圖斯和凱西烏斯？我那時從一些普及性的小冊子及莎士比亞的戲裡，知道這兩個人物，我不喜歡他們，但也沒找到理由來恨他們——即使現在，我仍不能堅定地說，他們應當或不應當做下那可怕的事。他們至少有光彩的理由，傳說中布魯圖斯說的那句「這便是暴君的下場！永遠是！」至今還銘刻在許多地方。那麼，是什麼給但丁如此的把握，斬釘截鐵地把他們倆，同猶大一起，放在地獄中的地獄，接受懲罰中的懲罰呢？

這個問題至多是一閃而過，不論是在少年還是在以後。兩年前我讀到英國小說家愛德華・摩根・福斯特（Edward Morgan Forster）的《我的信念》（*What I Believe*）。就是在這篇文章裡，他說出那句後來很出名的話：「如果我不得不在背叛祖國與背叛朋友間選擇，我希望我有勇氣選擇前者。」他引為奧援的，正是把背叛朋友的布魯圖斯和凱西烏斯置在地獄最低一環的但丁。

我不能說我完全同意福斯特，我不能說他對但丁的理解符合詩人的本意，但是，但丁的處置，不管是否同他自己的遭遇和怨氣相關，都把一個問題擺在我們面前：個人與國家，友誼與大義，哪種關係更深刻，在道德上更可靠，更合乎本性與人類對自己的使命呢？這是一個連孔子和西塞羅（Cicero）這樣的聖賢都為難的問題，而世人通常過於匆忙地便回答了。寫到這裡，我又想把許多書重讀一回——至少一回，也許能減少一些自以為是呢。

一粒粒種子

意想不到的書，偶爾會出現在意想不到的地方。有一次，在雲南一個很偏僻的地方，在兩三本小學教材和一本政治宣傳冊子中間，我看到孤零零一冊萬有文庫本的《戴東原集》。房主人幾乎不識漢字，他的兒子，也只在讀中學。我問這書的來歷，主人也說不清楚。這樣的事是會讓人浮想聯翩的，我們可以閉上眼睛，想像一本書的故事，它的旅行與歸宿。與人一樣，書的命運，也是花樣百出；與人不一樣的是，書不論給拋到什麼地方，它還是那書本身，不論我們讀不讀它，不論我們怎麼解釋它，我們可以把書撕碎，用火燒掉，卻沒辦法改變它。

讀高小時，有個同學，借給我一本什麼民族的故事集。他可能是小小地吹過一點牛的，反正我堅信他家中還藏有有趣的書，不肯放過他，激他，求他，威脅和勸誘，不斷地提醒。最後他不知從什麼地方偷出一本書，借給我看。我看了，後悔了。

這本書是馬克．吐溫（Mark Twain）的《神祕的陌生人》（*The Mysterious Stranger*），我看到的是種有插圖的譯本。那時我還不知道馬克．吐溫是什麼人，見到這書漂亮的模樣，歡天喜地，帶回家去。現在，我對《神祕的陌生人》的印象，可以說非常淺，因為裡面的情節，幾乎忘光；也可以說是非常深，因為當時的閱讀體驗，一直不能忘懷。

《神祕的陌生人》講的是撒旦造訪一個小鎮，成為主人公（一個男孩子）的朋友。這男孩子被他迷住了，又恨他的殘酷，到最後，他也同意了撒旦對人類天性與風俗的戳穿，變成個悲觀的小男孩。就在這時，撒旦告訴他，世界和生命，一切的一切，不過是個夢。小男孩大吃一驚，然後深以為然。

現在的我會說，這樣的書，確實只適合孩子看。馬克．吐溫，我非常喜愛的作家，在這類問題的思考上本來就是孩子氣的——他不接受宗教教義，又沒受過哲學訓練，得從自己的經驗裡，僅用自己的頭腦，想一些大問題，而我們都知道，他的天才並不在此。這本書，他打了三遍草稿，也沒寫完，自然也沒在生前出版。是不是他也覺得自己的想法幼稚呢？

中國的讀者，聽到前面說的故事，立刻要聯想到「莊生化蝶」、「浮生若夢」這樣的一些古代智慧，現在來看，馬克．吐溫的苦惱與中國古代哲人的苦惱，有相通的地方，又很不一樣。然而，讀《神祕的陌生人》時的我，哪裡懂得這些，我對書中撒旦的法力很羨慕，對他的狠心很氣憤，讀完後很不舒服。至於夢啊什麼的古怪說法，不能打動我，因為十來歲的孩子正玩得高興，哪裡管那麼許多。

但如題目所說，這本書把一粒種子，偷偷摸摸地埋在心土下面。六七年之後，這粒討厭的種子，拱啊拱地發芽了，成長為一個問題。每個人心裡都藏有這粒種子，來自不同的播種師，在不同的人生中發芽，有的只露出一點頭，有的刺破了經驗的屋頂。有人把這問題藏得很好，有人對它喋喋不休。我有時覺得，一些人，甚至一些寫作者，未免奇怪，因為涉及到這個問題，他們抱有一種——在我看來——輕率的態度，隨隨便便地找個說法，安居下來。但轉念一想，他們未必不曾深思過，同我一樣，只是不願談論而已。聖人也如此嘛，子不語怪力亂神，或如《莊子》所說，六合之外，存而不論。儘管不論，以孔子的為人，對這問題沒反覆思想，是很難相信的。

即使是我們現在不能完全同意或幾乎完全不能同意的一些書或其中的一些主張，也未必是壞種子。比如說，「做革命人」曾是到處出現的主題，我們現在覺得它可笑，不過，把「革命」二字去掉，「做什麼人」的主題仍在，我們仍要在中間填點什麼。即使我們認為這個主題是把複雜的事說簡單了，也難於否認，它如霧中的路牌，隱隱約約地指著什麼。它也是一粒種子，有望生長為對方向的需要。

我曾為兒子挑選讀物。我喜歡的，他不一定喜歡；他喜歡的，我不一定看得上。這頗令人苦惱。後來我就想開了，不論什麼，只要不讓心田荒著，總有些好處吧。話雖如此，我們仍要挑選。我們認為某些種子比另一些更好，我們便挑選它們，這不意味著我們永遠是對的，這只意味著我們有義務傳遞經驗，正如結種是植物的義務。只要我們不企圖把他人種成單一的田地，麥地或稻田之類，只要我們不禁止別的種子進入，那麼，我們喜愛的種子，自可盡情播撒。

輯貳

梭羅的囉嗦

梭羅是片面的，然而他又是對的……我的哲學與你相反，然而你是對的，我也是對的，我的對，是因為有你這樣與我不同的人，反之亦然。

最熟悉和最陌生的

這兩千多年中，文明世界的變化是多麼大，又是多麼小！在與外部世界的關係上，我們有多麼輝煌的成就，而在人類的內部關係上，改進又是多麼的微不足道。人們一次又一次重訪兩千多年前的古典思想者，溫習他們的問題——實際上，在人類生活最本質的方面，我經常懷疑，近兩千年中提出的新問題，又有哪個的重要性，可以與兩千五六百年前提出的一批問題相比呢？這真讓人沮喪。也許最主要的原因是，人類社會同幾千年前一樣，仍然是一種權力結構，在這個背景下，個人精神的解放，仍然無法不與社會目標衝突。人類的組織方式幾無改善，對人的教育一如既往地失敗，折磨過前賢的困惑，一樣不減地在歷史中輪迴，而且顏色更加陰暗。

我又懷疑的是，即便有新的處境，也未必能提出新的問題——我們的問題，不是滿寫在歷史這張紙上的，我們得答對上一個問題，才有機會回答下一道題。

我有時候喜歡讀點歷史上的舊事，一大部分原因，自然是瞭解人類的過去，一小部分原因——我得說，這是閱讀中最迷人的部分——是為了瞭解自己。自己的記憶，總是討人喜歡地模糊著，我又是個不寫日記的人，讀點歷史，其中至少有一小塊，是別人為自己寫下的精神紀錄，提醒說，你不光不是那個自以為是的好傢伙，而且還欠著作業呢。

重讀先秦諸子，一直拖到三十歲前後。說「重讀」，有點大言不慚，因為不好算是讀過。初讀，應該說初次接觸諸子，是在七十年代中期，「評法批儒」，小學生也要參加——現在的人也許要笑，確實可笑，正如現在的人對自己完全不瞭解的事也會輕易地形成判斷，特別是輕易形成否定的判斷。（我們在許多知識領域都是小學生，對嗎？）我在那時「讀」了語孟荀韓，除《論語》外，都是選本，隻言片語地接觸的，還有「法家」的商管孫吳，漢代的《論衡》、《鹽鐵論》之類。這可笑的經歷，使我在若干年後，一提到諸子，就以為自己「讀過了」，加上讀過一些西方古典哲學，對諸子的思想便有些看不起，更加拖著不讀了。

「評法批儒」時的報刊文章，從諸子中選了隻言片語，來讚揚或批判，又選了些故事，來配合嘲諷或鼓吹。我們這些高小生，把這種思維方式和表達方式，學了個十足十。我那時最常翻看、作為寫批判稿的祕笈的，是一本叫《學習與批判》的雜誌，開始是抄襲，後來已能模仿著，自己找「材料」來寫，這材料，便要到諸子書裡自己翻查了。到了一九七六年，給我一則小故事（比如《韓非子》中的），我便能一眼看出「要害」，寫出一小段評語來，口氣雖然幼稚，想法已和那些無可救藥的成年人無異了。

這種訓練，其實訓練的是對世界、對文明、對他人的一種態度。謝天謝地，這訓練並未完成，而且人性之複雜，有設計訓練者之不能想像者——當然了，那些人一向自詡深知人的弱點，其實並不真正理解人性，否則，他們也不會從事那種職業了。幾年後，在課本裡再見孔孟的文章，感覺只是親切，而忘掉「批判」這回事了。

並不該忘掉的。重讀諸子，以及讀歷史上的其他紀錄時，自己的品性，如果機會恰當，也會在自己面前鋪展開來，我們會看到，自己的心靈歷程，在何種方面以及在何種意義上，與群體的歷程若合符節，對個體來說獨特的經歷，又如何在另外的篇章中一次次重複。看到這一切，一個人即使不汗流浹背，又怎麼再敢狂妄呢？

何況先秦諸子，我可以不要他們的答案，不在乎他們的問題，卻不能不敬畏他們披荊斬棘的精神。讀過歐洲哲學的人，很容易便將諸子與希臘哲學對看；我也曾在若干地方指摘諸子體系之不完備。但稍一想像，自應明白，諸子缺的是時間，後人有的是時間，缺的是諸子的精神。我們仍處在荊棘中，不論是在社會生活還是個人精神方面，我們習慣於等待環境的刺激，習慣於完成前人的題目，我們得過且過。

以小學生的資格批判諸子，那種品性，其實並未遠去，不論是在我身上，還是在我們的時代精神中。我們將精神的歷史也當作一種後來居上的知識，一旦知道紙尾的答案——那是在課堂裡用幾分鐘就能學到的——就踞傲得不得了，這樣下去，我們把題做完後，就不知所措了。

亦搖亦點頭

有人說我古書讀得多，實在是謬獎。古書唯讀過一點點，多則遠談不上，至於寫些說今道古的文章，不過是覷個空子，蒙一蒙圓家，方家若是見了，準定笑倒。我們這一代人，所謂「老底子」，誰也沒有，就是偶承家學的，比起除了舊書舊文一無可見的前人，相去也很遠。這差距尤其是在語感上，不過今人接觸的知識，遠邁古人，所以只要不去寫什麼舊詩舊文，也沒什麼可遺憾的。

有這麼一個問題：今天的人，為什麼還要讀古書？這個問題包含許多方面的意思。第一種意思，是讀古書有什麼用，而這裡的「用」，在不同人那裡，意義又各不同。

我的朋友繆哲，一遇到這種提問，立刻斬釘截鐵地說：「沒屁用。」不過他一邊說沒用，一邊讀舊書，別人聽其言觀其行，對他的回答，也不怎麼信服，說不定還以為他在藏私，好比挖寶的，路人問他在挖什麼，他一定說：「廢鐵，廢鐵。」

我明白他的意思。一種用處是實際的，比如他研究藝術史，既然曰「史」，古書非讀不可，就算不喜歡，捏著鼻子也得讀。但提這種問題的人，通常其實際的生活與職業，並不需要讀舊書，所以對曰「無用」，也有道理。還有一種，是想到古書裡找人生的答案，道德的基礎，甚至天地之理，萬物之性，這類人，腦子往往是有一點亂的。繆哲和我一樣，對國粹主義，厭惡有加，所以碰到斯人斯問，用一句「屁用沒有」堵回去，心裡是痛快的，亦合退進謙退之義。

要想把這個問題說清楚，先得清楚什麼是「有用」。我總覺得，凡是喜歡提有用無用之類問題的人，心中的「用」，總是曲曲折折地同饅頭包子（黃金屋）、性（顏如玉）和權力（千鐘粟）有關，一件事，如果推導不至這三樣，在他們看來，總歸無用。

其實讀古書，即使對職業與此毫無關涉的人來說，在各種實際的方面，也不能說沒有用，世事難料，說不定一趕巧，就和饅頭包子沾邊了。但這種美事的機會之少，圖謀的效率之低，都比讀別的書更甚，不值得推薦。是啊，誰會揮汗如雨地讀古書，只是冀盼十年之後沒準兒碰到一位愛看聊齋的姑娘？有這工夫幹點別的，兩次婚都離過了。

所以說到「為什麼讀古書」，我更願意從另幾個方面考慮，一個方面是充實精神，另一個則與傳統或個人精神活動之背景有關，第三個方面是找樂趣。不論哪個，略一張望，似可有簡單的解釋，現成的答案，但細細想來，義各不安。比如活在二十一世紀的我，對世界的觀念系統，來自古書的，幾可說是沒有，看待與評論實際事物的工具，來自古書的，幾乎沒有，據以形成價值立場的，也不大能找得出有什麼是來自古書的。然而，在觀念體系之外的，像我們日常經驗一樣融入心靈背景的，在不可分析的地方，在理性的背面，所有那些材料，那些失去外形、隱身在情緒之中的點滴經驗，實又不能忽視。

同多數同齡人一樣，我對古書的接觸，一直是零星的。直到大學畢業後，出於某種野心，才從先秦、從經部入手，有系統地讀一點，而這計畫，幾年後就中輟了。

那是一個喧囂的、生機勃勃的年代。我對時政忽然發生奇怪的興趣，對呼朋引伴本有天生的熱愛，所以那幾年間的白天，總是熱鬧和充滿辯論的，但到晚上，如同潮水退去，露出本性的沙底，又對白天的言行，略有厭惡。

在這個時候，很難去閱讀任何可能導致情緒激盪或頭腦活躍的書，很難去讀那些可以充實思考或辯論的武庫的書，反倒喜歡翻開一本古書，什麼也不用想地標點、記憶——不太像是閱讀，因為沒有相伴的某種頭腦的活動，心靈好像一分為二，一半在沉默，一半在機械地做眼前的事。這種閱讀的樂趣，很大程度上是純知識性的，或者說，是收藏性的，如同一個登山者，匆忙地把山頭一個個爬上爬下，然後在表格中，喜悅地畫勾，為自己的積累高興，以至於到了山巔，也不大想起看風景，而這也怪不了他，因為可看的景物，本來不多。這是值得推薦的活動，將自己的樂趣、宗旨，局限於某一邊界清楚的領域之中，有點像釣魚或下棋，用不著多想其意義，因為這類活動之意義，本來就是抑制我們對意義之不可理喻、無法滿足、註定失敗的追求。

有一次，有人問我，看舊書有意思嗎？我想了想說，沒多大意思。是的，單從閱讀的趣味說，沒有幾本古書（語體小說⑩除外），能夠讓我讀得興致勃勃，而簡直就沒有一本，能逗我笑出聲來——自然，歡喜不是唯一，甚至不是最重要的閱讀樂趣，但一大堆書擺在那兒，沒一本解頤開懷的，也不像話呀。要知道，就是把全世界最無聊的二十個人集合起來，我瞧著他們，也能笑起來。這當然不是說古人就不好玩，而是古人的言行，用那樣一種枯死的文字記錄下來，失去了一半活躍，再施以記言記事的一本正經，另一半也沒了。假如我活在古代，除了眼前的書，沒見過別的，也許會覺得這些書本子有趣，但這只是因為我的趣味被局限了，沒上過高山，沒濟過大川，到園子裡看些假山假水，便高興得要做詩。可是，我是當代的人，有幸讀過些生氣勃勃的著作，在被窩裡掉過眼淚，在地上打過滾兒，被刺激出過前所未知的想法，瞥見過世界在兩個方向上的淵峻，自無法被有限的敘述感動。

大學裡的一位同學說過一句妙語：「現在的書邊看邊搖頭，古書邊看邊點頭。」他指的是舊籍豎排，讀時腦袋一點一點的。他這是反話，他是最不愛看舊書的。我看舊書，或也在點頭點腦，但心裡氣悶時，難免用力搖一搖。古書中自有如屈賦和遷史那樣的傑作，但總的說來，搖頭時多，點頭時少。不少人喜歡把「拿起來就讀得下去」的書擺在廁所裡一兩本，我還沒聽說誰這麼使用古書呢，除非他身體有什麼毛病。年輕時坐火車旅行，隨身帶本書，挑來挑去，還是棄舊圖新，後來覺得不好意思，就帶兩本書，一本古籍，一本其他讀物，前一種就是安慰一下自己，沒一次讀得下去的。

絕不是說從閱讀古書中沒有收益。最現成的收益，是文學上的。中國古代文學，在展現人類經驗方面，不夠寬闊，在語言實驗上，則有相當的成功。他們將一種半枯死的語言，鑽研到如此程度，足令我們羞愧，因為我們這批使用當代漢語的人，有遠更豐富的觀察，遠更深切的理解，而修辭能力卻遠有不如。

比這更重要的，是建立一種歷史感，或經驗感。我喜歡讀些抽象的理論著作，然後意識到，如果沒有經驗基礎，沒有對人類事物在細節上的體會，一個人有可能多麼搖擺，又多麼固執。正如細碎的經驗會令人迷失，概念體系亦會令人忘記初衷。中國古代著作，在當代來看，沒有多少解釋力量，特別是對人類的整體命運，然而一旦自人類整體而非中國的角度看去，又是珍貴的紀錄。古人所表達的東西，失敗比成功更多，正如在未來看時，我們的成功，所表達的，未必比我們的失敗所表達的為多。當代人容易欣然以為已經掙脫了古人的命運，在這時，沒有比歷史細節更能提醒我們的了。

我動過心思，給一兩個喜歡的古人寫本傳記。我想過嵇康，想過屈原，想過別的幾個人，而一直沒敢動筆，因為我還沒有能夠讓傳主在我的想像中自主而足夠圓滿地活動起來。我的主張，是閱讀古書以及面對古代的材料時，不要僅將它們理解為它們與我們的關係，我們還得用想像力，彌補紀錄的不足，克服理性的單調。古代的東西，如果視為一條有營養的魚，撈將上來，一口吃掉，咽下魚肉，吐出魚刺，這是買櫝還珠。我喜歡讓魚活在水中，看那魚尾簁簁的樣子，多麼生動，對我們的精神是多大的補充。可惜的是，如果讓魚來寫書，它們是不會寫到水的，正如我們感覺不到空氣的存在，我們只好猜測，推斷，想像那使古代成為古代的東西，那些使古人可以理解的活動背景。遺憾的是，這是非常困難的，所以我想了幾年，一個字也沒有寫。

書沒看幾本，撲通一聲，從二十世紀八十年代跌入九十年代。那是憤怒和死寂的幾年，那是撕扯和決定的年代。九十年代初，我讀古書比前幾年更多了，有時一讀幾小時，全不知在看些什麼，泛黃的書頁彷彿空無一字，字字行行彷彿言無一物，也有的時候，能夠忘情於書中，甚至有點興致勃勃。也是在這個時候，感到有兩種力量，一種將人捺入書中，一種將人拽出。我最後還是一躍而出了，然而不是自主的決定，一九九三年我得了偏頭痛，時輕時重地痛了十年，這十年裡，我再沒用功看過書，更不用說古書了。不過一點不覺得遺憾，反而有些欣慰。

頭早已不疼了，但新的習慣已經養成。是的，有時還要看書，但只是看著玩，古書也如此，偶爾還從架上抽出一本翻看，稍有不耐，立刻丟開。我的記憶力變得很壞，不過另帶來一種好處，以前那些閱讀所得，被壞記性洗汰後，所有的材料既已模糊、沉降，反倒不那麼生硬了。我開始想，也許該到寫本嵇康傳的時候了，可惜同時，具體的細節也忘了許多，如要寫，還得重讀許多東西，好不麻煩，還是算了吧。

對我來說，那些數量有限的閱讀，還是有用的，一是理解事物，多了一種意義框架；二是對於所謂人類歷史，知道了許多細節，而我相信，細節，特別是孤立的、遭受概念汙染的程度不是很高、或有辦法清洗掉這類汙染的細節，是經驗的最好內容。當代中國人無法不面對中國問題與人類問題的寬距，在我看來，在某些領域中，一個人很難專注於研究最先進的學術，而不受中國實際情況的牽扯，很難研究中國問題，而不覺得缺少另一種意義。我不治學，逃掉了這種兩難，但有時會想，要融合兩種問題，對人類活動史建立接近直觀的感受，或許是辦法之一，那麼，隨意地、不帶目的地讀點前人的書，也還是有用的。「孤立的細節」，似乎與「意義的框架」，以及前面提到的「使古代成為古代的東西」相衝突。假如我看見一些蘋果，在空中懸著，而且上下前後地彼此照應著，我便相信有一株看不見的蘋果樹在那裡。有時，我急切地想看到那棵樹（實際上，多數時候，樹總是看得見的），有時，我也喜歡孤零零的蘋果，使自己有機會在想像中種自己的樹。一種經歷，是讀了一會兒書，納悶地想，這些事，和其他事物的聯繫何在呢——這種情況年輕時發生得多，且刺激著我們努力使自己的知識完整，或將各種經驗變成知識，年長後發生得就少了，我現在常想，這是不無遺憾的事。

10 編註：「語體」相對「文體」而言，指較口語化的小說。

中國古代文學，在展現人類經驗方面，不夠寬闊，在語言實驗上，則有相當的成功。他們將一種半枯死的語言，鑽研到如此程度，足令我們羞愧，因為我們這批使用當代漢語的人，有遠更豐富的觀察，遠更深切的理解，而修辭能力卻遠有不如。

讀魯迅，長大個兒

寫下標題才意識到，有十多年，不曾閱讀《魯迅全集》了。

十年前寫道：「十年文革，天下圖書，半成劫灰。我開始胡亂看書，是在二十世紀七十年代前期，父親的藏書原本不多，秦火過後，所遺寥寥；竄逐在窮山僻嶺間，能借到的書很有限，只好有什麼看什麼，但凡有字在上面，連《趣味物理學》（*Entertaining Physics*）一類，都當成寶貝。魯迅的著作，托庇於毛澤東的評價，得以倖存。但部頭既大，內容又深，開始只能看小說，最喜歡的是《故事新編》。」

記憶只餘些碎片，前後又竄亂，得用力回想，才能勉強映出一批沉重、黃色的書卷，與對炕席[11]和油燈的記憶混在一起，與舒服的睡意混在一起。

我一定是走投無路了，才一次次捧起那艱深、不知所云的書，躍過許多不認識的字，挖掘有趣的內容。

最先掘出的，並不是在《故事新編》中，而是在《中國小說史略》中。那時候，我能讀一點舊小說了，而《中國小說史略》中有許多我沒有讀過的舊小說的大段引文。有個成語叫「嘗鼎一臠」——既已知味，自然對那廣大的想像世界，悠然嚮往。

實在沒書讀時，一而再再而三地翻看《魯迅全集》，從裡邊找故事。《故事新編》和《朝花夕拾》便是在這時讀完的，留下最早印象的，則是《奔月》、《鑄劍》、《起死》三篇，原因不過是裡邊有好玩的片段——骷髏、人頭和弓箭。《野草》也翻過了，令人興奮、不安，亦如《白光》給人的印象，實際我那時對這些作品完全不懂。

讀魯迅的白話小說，已是在初中時，不知什麼原因，喜歡《彷徨》多於《吶喊》，而《吶喊》中，更喜歡的是淺顯親切的幾篇，如《社戲》和《兔和貓》。

到了高中才把全集讀完。真正喜愛魯迅，也是從這時開始，征服我的是他那些機智的批判，不論是對事還是對人。他的雜文，我最先喜愛的是他在二十世紀二十年代後期的論戰文字，尤其是《華蓋集》、《而已集》與《南腔北調集》中的。至於三十年代在上海的文章，則要再等幾年來慢慢領會了。

大約也是在高中時，形成了對魯迅其人的印象。他性格中最讓我著迷的，是他的獨立和強硬，我從他那裡接受了對愚蠢和軟弱的厭惡（至於對強權的情緒，不是厭惡所能形容的了）。

現在看來，在一個權力流行的世界中，魯迅不追求權力，更不接受任何一種權力的欺淩。權力是人類的問題，而他只能在人類生活很小的一隅中來做意義模糊的實踐，這種實踐對他個人的意義，遠高於對社會的。他有時完全明白這一點，更多的時候，按捺不住關懷之心，又去與旨趣大異於他的人結盟，被深微而細碎的傷害著，來反抗那顯然而龐大的。

魯迅的藥方是個人而非社會的，他認為每個人都能夠——如果願意——有如他那樣的頭腦（魯迅從不認為他的頭腦是最好的，但他所代表的常識和健全的判斷力，對擺脫流行的愚昧，已經足夠了），各種欺詐和壓迫，就不會有機會繼續下去——這是此刻的形容，高中時自然只有情感上的親切和態度上的共鳴。一直到了大學前後，才領會了《且介亭雜文》的意味。那時每個寒假都要讀一遍魯迅，加上前前後後的，十卷本的《魯迅全集》，讀了總不下十遍吧。

寫這篇文章之前，猶豫要不要再讀一篇《魯迅全集》。還是罷了。我可以完全忘掉魯迅的文章，那一個人，卻是忘不了的。我曾經想像他的內心衝突。以他的才力，何嘗不想為人類的精神世界填一內容，而眼前的是非，又迫使他寫這些他自稱為速朽的東西——他這麼說時，不是在謙遜；他的命運便是如此，有托天的力氣，卻被派去消除牛圈。有句俗話叫「光棍眼裡不揉沙子」，在受世務的牽涉上，魯迅是任性的，不自制的，但難道不是這樣的人，才討人喜愛嗎？

我知道魯迅的一些觀點在近年廣受批評，我知道有人不喜歡他對一些人事的嚴厲——我不在乎，我不在乎他的觀點是否適用於今時，不在乎他的憎恨是否傷害了別人及他自己。在我眼中，魯迅是一個驅魔人，當他看到惡魔附在人身上時，他是不怕用鞭子抽向那人的——他以自己強壯的理智看去，人之被附體，是因為人與惡魔結了盟，自願地充當它的使者。也許是，也許不是，但多半是吧。

11 編註：中國北方農村以及部分城市普遍睡在由土坯或磚塊搭成的火炕上，為了清潔，炕面上會鋪上一層「炕席」。

在我眼中，魯迅是一個驅魔人，
當他看到惡魔附在人身上時，
他是不怕用鞭子抽向那人的……

槍炮與草原

前天在樹林裡亂鑽時，想起讀過的一本蘇聯小說。那小說的名字我早忘記了，只知道它是二十世紀七十年代「內部」印行的白皮書之一。主人公得了戰爭後遺症，對任何事無法產生興趣，一個老頭把他帶進森林，給他一大茶缸酒精、一柄斧頭，讓他閉起眼睛把「藥」喝下。他喝下後就砍樹，砍樹後就痊癒了——喝醉了酒不睡覺而砍樹。我昨天在想，真是奇怪的民族。

對俄蘇文學的接觸，自然是始於連環畫——高爾基的三部曲。不過，我用力想了一下，在記憶中又打撈出別的一些——黑眼睛……刀子……主人公死了……那是普希金的《茨岡》（*Tsygany/The Gypsies*），單行本，有插圖，後面還有他的傳記，我只記得決鬥，濃霧，普希金被抬回去了——我好像聽見一個孩子的歎氣聲。還有高爾基的某集詩選，一隻英雄的鷹摔死了……

當時，外國文學作品中，俄蘇文學似是可以「合法」地保存的。高爾基是列寧（Lenin）稱讚過的，果戈里（Gogol）有魯迅的譯本（可惜我那時完全不能看懂），至於普希金，好像也沒被批判。

多年後整理對俄蘇文學的印象，覺得這個民族對不幸有異乎常情的迷戀。不需提偉大的杜斯妥耶夫斯基，就連契訶夫（Chekhov）——我最早模仿過的作家——他的故事就沒一個從頭到尾愉快的。我得特別仔細地在裡面替主人公找希望，如果找到一點，還真高興呢。我曾以為他們沒什麼幽默感——不對，當年《參考消息》[12]上總是有蘇聯人的政治笑話，也許，他們只是在倒楣時才想起開玩笑吧。哦，並非如此，例證之一是馬卡連柯的《教育詩》。

俄蘇文學，據說曾對中國現代作家有深刻影響。作為年輕的讀者，我受到了什麼影響呢？我越使勁想，越想不清。那些人為地加入寓意的作品，碰到少年人，可謂明珠暗投，所以如高爾基的《母親》（*The Mother*）、車爾尼雪夫斯基（Chernyshevsky）的《怎麼辦》（*What Is to Be Done*）、屠格涅夫（Turgenev）的《羅亭》（*Rudin*）之類，我或者看不下去，或者不知所云。前蘇聯時期的文學，除了《鋼鐵是怎樣煉成的》（*How the Steel Was Tempered*）和《教育詩》，再無別的作品留給我深的印象，而《教育詩》是成年後重讀過，《鋼鐵是怎樣煉成的》則先看過連環畫，那點印象沒準兒是連環畫裡的。

高中時十分迷戀別林斯基（Belinsky），閱讀萊蒙托夫（Lermontov）、涅克拉索夫（Nekrasov）等人的作品，就是因為他的推薦。唉，別林斯基在文學上的觀點，現在我同意的沒幾條了，不過他的熱情和高尚，一直是鼓舞人的。一個人年輕時受過的影響，成年後能夠洗刷乾淨嗎？比如說，我們那一代的讀者，能夠擺脫戰爭文學、兩報一刊、語錄、頌詩等等等等的影響嗎？像《閃閃的紅星》這樣的書，《朝霞》這樣的雜誌，會不會一直用某種辦法活在我們身體裡呢？

認真地回憶俄蘇文學的影響，我懷疑的有一，能夠確定的有三。懷疑的，是俄羅斯人對命運的理解那樣獨特，中國讀者尤其會對它有強烈的印象；確定的是杜斯妥耶夫斯基，至今仍有影響，契訶夫，曾經有過影響，以及屠格涅夫的《獵人筆記》（A Sportsman's Sketches）。

《獵人筆記》！一想起這個書名，我彷彿能嗅到從書頁中傳出的乾草味，聽到狗叫聲。裡邊的故事我幾乎全忘記了，但有一篇，名字大概叫〈森林與草原〉，又怎麼能夠忘記。對自然界的熱愛，那篇短文是最早的導師，裡邊描述的場景，同我當時身邊的環境，有許多相近。寒冷天氣中萬物在晨曦中的復蘇，朝霞和山谷裡的輕霧，秋季陽光塗在草坡上的顏色，藍得耀眼的天空，沾著露水的草葉，半捲的落葉，雪地中遠處紅彤彤的幾片樹葉……原來這些事物，果然是美的，而且如此美麗。屠格涅夫鼓勵人放膽去追隨自己的感覺，相信自己的眼睛，放膽去讚美一切對他而言是悅目的事物。

可惜的是，屠格涅夫後來受同時代人——特別是批評家和政治活動家——太多的影響，讓自己的小說承擔起不該由小說來承擔的工作。我毫不反對一個作家有政治立場，不過，如何以自己的方式來表達其社會態度，永遠是個難題。對一個文學家來說，文學似乎才是他「自己的方式」，但「文學」——擬人地說——決不會這麼想。

讀大學之後，便同俄蘇文學一點點生分了，從布寧（Bunin）、愛倫堡（Ehrenburg）到索忍尼辛（Solzhenitsyn），都不怎麼讀得進去，以後閱讀愈少而至於無。所以，對這一偉大的文學傳統至今保留的，仍只是少年時那些膚淺的印象。

12 編註：發行於中國大陸的日報，具有官方色彩。

俄蘇文學，據說曾對中國現代作家有深刻影響。
作為年輕的讀者，我受到了什麼影響呢？
我越使勁想，越想不清。

從高玉寶到李自成

同幾位年齡相近的朋友談天，聊起小時候讀過的革命小說，敢情有那麼多「共同文本」，把記憶互相印證，好比對上暗號，情誼又增幾分。

我記性不好，早年讀過的故事，往往只記得一兩件情節，一部寫雲南知青的小說，只記得吃芭蕉，別的全忘記了；另一部寫抗戰的小說，只記得吃骨灰，其餘又忘了——這就得靠朋友提醒了。

我說：「有個和水獺打架的……」朋友歡然道：「那是《海花》。」

我說：「有個把什麼很燙的東西放大腿上的……」朋友立刻道：「那是《紅旗譜》

呀，不會連這個也忘掉……」

我說：「哪一部裡面有吃帶殼的核桃？『李克買牛』出自哪裡？」朋友答不出來，我得意地說：「前一個是劉真《長長的流水》裡的故事，後一個出自克非的《春潮急》。」

這些記憶涉及到一個理不清的問題。小時候花許多時間，讀了許多革命小說，從觀念到語言上，何利何弊？舊學方面，直到二十多歲才努力地打底子，一邊「打」一邊發牢騷：「這些破玩意兒，要是小時候背誦下來，該有多好，現在哪裡能夠記住？」新學方面，又是二十多歲，還在記單詞，不免又想：「如果小時候把時間用來學外語，省多少麻煩！」

但不能不說，這些小說給童年增添了快樂。看《敵後武工隊》與背英語孰樂，還用我說嘛？四書裡的大義，孩子不懂，《豔陽天》的大義，孩子就懂嗎？我們要看故事，有戰鬥有英雄的故事，沒有好故事，就看不那麼好的故事，我們不想背經書，壞的經書不想背，好的也不想背。

讀的第一部革命小說，大概是《高玉寶》，裡邊有〈半夜雞叫〉的故事，「我要讀書」的故事，趕豬的故事，語言則和口語相近。我把這書找來了。書一開篇就寫道：「……太平村的村公所裡出來兩個人，一個拖著文明棍，一個光著個禿腦袋。」這自然不是高明的小說，但通俗小說，難道不都是這一套？想到這兒，我有點釋然：就當小時候多看了些通俗小說吧。

僅僅如此嗎？當然不是。這些小說攜帶的觀念，曾經激發的情緒，對個人來說，哪些可磨可滅，哪些深銘入骨，誰又知道呢？每一個人，在他此刻站立之處，不無驕傲：「瞧，我到這裡了。」但沒有一個人是跳過來的。我們有各種路徑，誰能說那些路徑可以忽略，只因為我們到了此處呢？

我翻到了《高玉寶》〈我要讀書〉的篇章。雖只是大略一翻，仍有情感發生——不是此刻被激發出來的，而是對當年情緒的記憶。

《高玉寶》中有些故事，雖為觀念驅動，畢竟寫得懇切，人性與經驗，便把它們留在了濾紙的上面。當然，人性與經驗，不是可以放心地依靠的，若無多種多樣的——而且不能相似的——影響，怕是要如病梅，奇形怪狀而不自知。我知道的一些頭腦，每向其中稍一窺探，我就慶幸地想：「幸虧人是會死的。」這也包括我，每一代人，不論多麼自以為是，多麼以自是為榮，總是要離開，順便把觀念帶走很大的分量，那些觀念還要存在一段時間，影響則漸小了。這難道不讓人樂觀嗎？也未必，因為每一代人，又要經歷同樣的過程，如以現在論，小孩子讀的東西，難道就好嗎？壞處不同耳。

如果沒記錯，所謂革命文學，讀的最後一種，是姚雪垠先生的《李自成》第一卷和第二卷，時間當在一九七七年。讀第一卷時，一邊愛看那些打仗的情節，一邊對那些繞著彎兒講大義的段落，頗不耐煩——虛誇的力量已不足以打動少年人了；第二卷更是如此。

「告別革命」就這麼容易嗎？當然不是，如果「革命文學」能寫得再高明些，我大概會多讀幾年。可惜的是，那是無法高明的。

我記得幾年以後，在大學裡讀到了海明威（Hemingway）——我不喜歡，尤其不喜歡他的長篇小說，在他的小說裡，我嗅到可疑的、通俗小說的氣味。訓練了那麼多年，那是我一聞就聞得出來的味道。

文字的影響，其難以擺脫，比觀念尤甚。幸運的是，那批革命小說的語言，去掉易於辨識的口號、大話之外，正經說故事所用的，雖高明的少，畢竟質樸者多，說句實話吧，比現在流行作品的平均水準，竟然要高出一些。

通俗小說

我曾經是金庸的熱心讀者。曾經以為，他的小說，特別是我喜歡的幾部，不管什麼時候，抓起來就看得下去。去年的某個時候，我忽然想起來，至少有好幾年沒讀過他的小說了，趕緊找出一部。不到半小時，我扔下書。我讀不下去。

「好呀」，我欣慰地說，「我長出息了。」想了想，又有點沮喪：「也許我只是老了。」

過了幾天，我見到某位曾與我有同樣興趣的朋友。我大驚小怪地告訴他，我連金庸也讀不下去了。他說：「我早就不讀了。」我瞧瞧他，他頭髮已經半禿了，穿著件有條紋的運動衣，正懶洋洋地靠在椅子上，左手親親熱熱地守住自己皮帶上方的肚子，彷彿那是他的寶庫；他的眼神，只在掃過桌上的酒杯時，才偶爾熱情流露。我想：「也許第二個想法是對的……」

之所以這麼想，是在我的印象中，對通俗小說的興趣，隨著年齡的增長而消滅。這個說法可能沒什麼普遍意義，可能只出自部分的觀察，可能只是人生經驗的豐富，使我們的興趣分散了，可能只是我們懶得找新的小說看，而舊的小說，又看膩了；再說，我確實知道有些年紀比我還大的人，對那些「玩意兒」，一直看到興興頭頭呢。

我記得我第一次讀《水滸傳》時的興奮，第一次讀《西遊記》，第一次讀《基督山恩仇記》（*The Count Of Monte Cristo*）……第一次讀《三國演義》就沒那麼激動了，不是因為它更少「通俗」——在我看來，與《水滸傳》和《西遊記》相比，《三國演義》的「文學氣」更少，而「通俗氣」更濃，不過它是用半文言寫成的，沒有那麼多生動的細節，兩個大將軍打仗，三言兩語，就死掉一個，千千萬萬個小學生在抗議：怎麼能這麼寫呢？

長大以後，我們不怎麼提這類小說，似乎為它們著迷，是件挺不好意思的事。我們喜歡講的是自己閱讀《精神現象學》（*Phenomenology of Spirit*）的辛苦，或對《咆哮山莊》（*Wuthering Heights*）的深沉感情，不喜歡講一晚上看五本武俠小說的經歷；我們喜歡假裝不經意地提起自己點讀《漢書》，不喜歡回憶曾經手抄《綠色屍體》[13]，被教師捉到，罰抄紅寶書。不過呀，有一次有個人——一定是喝酒喝多了——講起小時候讀《說唐演義》的事，同席的好幾個人，異口同聲，不但都承認熱愛過那書，還把書中的好漢排名背了出來。要知道，在場的都是社會棟樑，有一個還隨身帶著鋼筆呢。

有個著名的問題：如果您幹了壞事，被放逐到孤島上，隨身只能帶三本書，您會選擇帶什麼呢？我曾想搜集對這個問題的回答，記了幾個，懶病一發，就罷手了。回答自然是五花八門，但我從（有限的觀察）中發現一個傾向：好多人的答案中，有一本書是他真正喜歡的，一本是他希望自己喜歡的，一本是他願意讓別人認為他喜歡的。

比如我吧，我會說，我要帶本……呃……棋譜，還有帶一本《約翰生傳》（*The Life of Samuel Johnson*），最後一本，我想是《儒林外史》。

這三本書裡，《儒林外史》是我喜歡的；棋譜是我希望能夠喜歡上的（準確地說，是希望能用它打發時間，我聽說有人住了幾年監獄，就變成一流棋手了）；《約翰生傳》是我願意讓別人相信我喜歡的。

很多人喜歡通俗小說，然而，在我搜集到的回答中，沒一本通俗小說有運氣登上孤島。

但如果問題換成，坐一天火車，打算帶什麼書，我相信，很多人就要提到通俗小說了。一比較我們立刻發現，通俗小說不經看。

是的，大多數通俗小說，只能讀一遍，因為它是情節驅動的，知道了情節，再讀未免無味。但也不都是這樣啊，《水滸傳》，還有金庸的《射雕英雄傳》，包括我在內的很多人就讀了好幾遍；反過來說，托爾斯泰（Tolstoy）的偉大作品《戰爭與和平》（*War and Peace*），包括我在內的很多人，沒有讀第二遍的打算。

「通俗小說」和「文學小說」，界限有，但無法分明。「情節推動」（與性格或命運推動相對）是界限之一，這界限當然也是漸近的。

在歐洲，現代小說的形式確立之前，幾乎所有小說，包括最偉大的一批作品，都是以情節為最主要推動力的。

近代小說中的那些經典作品，之所以逃過了「通俗小說」或「類型小說」的惡名，只因為作者是囉嗦鬼，不是簡簡單單地講出一個曲折的故事，而記下了對社會、對人生的大量觀察。

在現代小說中，有些作品也難於歸類。大仲馬的《基督山恩仇記》，靠的是（有點誇張的）莊嚴感，才勉強算作「文學小說」；史蒂文生（Robert Louis Stevenson）的《金銀島》（*Treasure Island*），如果沒有西爾弗和他的鸚鵡，能不能在文學史中占一席之地，也要大成問題了。

咱們中國的「四大名著」，用現在的標準看，《紅樓夢》肯定是「文學小說」，《三國演義》應該算通俗小說，《水滸傳》和《西遊記》就不那麼容易歸類了，這兩部小說雖然「俗」氣十足，但書中都有豐富的所謂「文學性」，讓我們不得不對它們另眼相看。

情節推動之外，還有一個因素，是我看重的：如果一本小說總想著取悅讀者，它便是「通俗小說」。

我打算從正統的「文學小說」中找個例子。

狄更斯的《塊肉餘生記》，是許多讀者都熟悉也十分喜歡的。在小說快結尾時，男女主人公終成眷屬。這是所有讀者都一直使著勁希望的，也是裡邊的其他幾個角色，特別是大衛的姨婆，一直在暗中希望的。在灑滿讀者快樂的淚水的一頁，我們讀到大衛和他的愛人把喜訊告訴姨婆時的可愛場面：

「我摟著愛格妮，走到我姨婆的椅子背後，我們兩個都俯身靠在她上面。我姨婆兩手一拍，從眼鏡裡看了一眼，立即發起歇斯底里來，我平生見到她發歇斯底里，這還是頭一次，而且是僅有的一次。

「這陣歇斯底里一發作，把坡勾提叫上來了。我姨婆剛一緩和，就撲到坡勾提身上，管她叫蠢笨的老東西，用盡了全力抱坡勾提。抱完了坡勾提，又抱狄克先生（這一抱，他覺得無上榮光，但是也大為驚訝）；抱完了狄克先生，才告訴他們這是為什麼。隨後，我們大家都共同感到非常快活。」（張若谷譯文）

我可不是說嚴肅的作家，就得讓他筆下的角色大倒其楣，也不是說狄更斯先生在這裡只想著讀者的快樂，而非表達自己的快樂——他衷心喜歡這些角色，早在讀者之前，就為他們流過各種淚水了。

但是，從狄更斯的寫法上看，從他滿心想要創造的效果上看，我不得不說，《塊肉餘生記》是有點曲終奏「俗」的。當然，作為讀者，咱們歡迎作者在折磨咱們大半天後，哄上幾句。要是全書都是這樣的哄慰，那就是另一回事了。

取悅讀者，未必全在情節安排上，文學小說，也經常善酬惡報，以大團圓為終局，但如果整本小說裡，對讀者的取悅，體現在無數細節上——主人公的手槍型號，完美地適合他的英雄氣概；他騎的馬，正是我們想配給他的；所有的對話，都意味深長，如同劇本裡的臺詞；每個人的相貌，都「符合」他的「性格」，妍媸有分；我們喜愛的角色，作者不會放過巧妙讚美的機會，我們憎厭的人，作者適時暗示他的無能；連天氣也恰到好處，每到情緒濃重時，就會下起大雨來——好吧，我們得說，這就是通俗小說。

走進通俗小說，就像走進一個收拾得井井有條、沒有雜物的房間。我們不會像在閱讀其他小說時那樣磕磕絆絆，經常要納悶：「這是什麼意思？老天爺，他寫這個，到底是什麼意思呢？」每一個場景，每一句對話，每一個角色走出的每一步，都絲絲入扣，經過作者的精心設計，我們心中的各種活動，都是我們自己已經熟悉的，舒服的，安全的。通俗小說又叫消遣小說，不是沒有道理的。

是啊，多數人喜歡讀通俗小說，我也喜歡。我喜歡休息，我喜歡娛樂，我喜歡自己的感覺受重視，我喜歡自己的意志得到實現，哪怕是在別人的筆下、虛幻地、重複地實現。

實際上，那些經典的、正兒八經的作家，往往令人不快，在被陀思妥耶夫斯基折磨了個把鐘頭之後，誰不想換換心情？「來本愛葛莎．克利斯蒂吧，看看那個討人喜愛的小鬍子又出什麼花樣了。」我喜歡愛葛莎的噱頭，喜歡波洛一本正經地糾正別人說：「我是比利時人。」要不，再看一遍金庸吧：

「周伯通最愛熱鬧起哄，見眾禁軍衣甲鮮明，身材魁梧，更覺有趣，晃身就要上前放對。黃蓉叫道：『快走！』周伯通瞪眼道：『怕甚麼？憑這些娃娃，就能把老頑童吃了？』黃蓉急道：『靖哥哥，咱們自去玩耍。老頑童不聽話，以後別理他。』揚鞭趕著大車向西急馳，郭靖隨後跟去。周伯通怕他們撇下了他到什麼好地方去玩，當下也不理會禁軍，叫嚷著趕去。眾禁軍只道是些不識事的鄉人，住足不追，哈哈大笑。」

我想，我用手撫過家裡那只花貓的脊背，它有多舒服，閱讀這樣的文字，我就有多舒服，我簡直也想嗚嚕嗚嚕地叫幾聲。

我很難想像一個人總是在閱讀那些嚴肅得不得了的書籍，縱然，從一本高明的小說中，我們能夠瞭解豐富的人性，在我們熟悉或不熟悉的環境中，是如何——同我們自己很不相同——思想和行動的，我們被引入他人的內心，我們在黑暗中看見光亮，在光明中看見陰影——這些都很好，但也確實令人疲勞。讀書不是進學堂，再說，就算學堂還有課間的休息呢。

不過同時，我也有點後怕，假如我從小到大，對小說的閱讀，只限於那些討人喜愛的作品，我對世界的印象，又該多麼奇怪。

是的，我會用實際的經驗，來修正那些從書中得來的印象，但是要說一點兒也不受這類通俗小說的影響，不會傾向於將他人理解為動機簡單的，道德鮮明的，物件性的，固定反應的，傾向於將世界理解為背景性的，順從意志的，意義顯豁的，井然有序的——那可不見得。

幸好，我有很多年不怎麼讀通俗小說了。我把省下來的時間，用來看電影——看

13 編註：中國文革時期的作品，作者張寶瑞。

最簡單、好玩、刺激的電影——戰爭片、動作片、恐怖片或者幻想片之類。

物理書裡的文學

我開始讀一點書的時候，僻處鄉野，又接秦火，餘燼中得書極為不易。家中存書，本已無幾，我看書又不知愛惜，不是隨手擲放，便是翻得破頭爛尾。所以那時的書，能留到現在，沒有幾種了。其中一本，是《趣味物理學續編》（*Physics for Entertainment, Book 2*），俄羅斯人別萊利曼（Perelman）的著作，二十世紀五十年代的譯本。這幾年，我在一些人的回憶文字中，見提過這書，才知它在中國曾很流行，小時候卻不知，據為祕本，頗以擁有此書為幸，也一直保存下來。前幾年，兒子快上初中時，我把這書隆重地介紹給他，作為學物理的前導。他看了，但也不怎麼重視——現在類似的書，多而易得，這書就沒什麼特別的了。

當年喜歡《趣味物理學續編》，一半是因書中的物理知識；今天要說的是另一半，其中的文學。這本書引述了許多文學作品裡的故事，如愛倫坡（Allan Poe）的小說，克雷洛夫（Krylov）的寓言，尤其是凡爾納（Verne）的幻想小說。這些書，我當時一本也沒看過，在《趣味物理學續編》裡瞥見芳面的一角，怦然心動：原來這世上還有那麼多好玩的書！

據說讀書的門徑，選本最有用。小時候也看過些選本，如一種小開本四冊的古詩選，《中華活頁文選》、《古文觀止》等，但從來不曾因這些選本，對全豹⑭發生特別的興趣。大概是選本中的文章，一出場便正裝正色，令人難以親近，小孩子心裡會想，好了，我知道你們都是有來頭的，都很了不起，都應該記住……現在我可以出去玩了嗎？選本中的角色，如動物園的鷹兔，標牌清楚，卻是少了活氣，而《趣味物理學續編》中的一些段落，讀時如在山林中遇見野獸，一掠而過，只見一點頭尾，更令人興奮。與此有同功的，是小時候讀魯迅的《漢文學史綱要》和《中國小說史略》，特別是後一種，裡邊引了大段的好玩篇章，大多是我沒看過的，當時便立下志向，長大後，少不得要把這些小說找來，一本本讀過。

人為什麼要看書？這個問題太大。我只知道，小時讀書就是周遊世界。小學時期，住在深山裡，如在井中，書籍便是爬出這井的階梯了。當然我所指的，不是將身子爬出來，是將精神爬出去。從書裡，你不僅可以知道有廣大的地理或物理世界（這一點似乎現在從電視裡也可以得知），還可以知道有深邃的精神世界（這點似乎不容易從電視裡發現）；你知道，如果可能的話，一個人不僅可以走得多麼遠，還知道如果願意的話，可以想得多麼多；你知道，一個人可以用大千世界紛繁奇妙的細節充滿自己的生活，也可以塊然獨立於自己的默想之上。是的，書中的都是他人的經驗，但在孩童活潑的想像中，兩種經驗原不易分別。小孩子的心靈，初無門窗之設，若僅從日常生活而來，每建一扇門，就又築了些新牆，大約到十來歲時，四周圍得差不多了。好在要開新的門窗，也很容易，不像我們如今這種年紀，門窗不是鏽死，就是自己把它關閉了，僅留一二，還是用於向外倒垃圾，放進來的就很少了。

第三種辟門之書，是分冊本《辭海》。這一套書，我家中並不全，印象深的，是《歷史》、《文學》、《哲學》三種分冊，其中對我幫助最大的，是《哲學》分冊。《歷史》分冊，不過是讓我多知道了些人名和事件，《文學》分冊中介紹的書，便無它，我也會陸續讀到的，而初中時去圖書館找哲學方面的書看，全仗《哲學》分冊的導引，雖然找來後也看不大懂，卻覺別有一番好玩。要知道，那時手中介紹哲學的書，我現在能想起的，只有一本艾思奇[15]的著作，一本蘇聯官修的哲學簡史，一本形式邏輯入門，都不是什麼討孩子喜歡的書。若無這本分冊激起的興趣，我大概將永遠隔膜於人類頂有意思的一套想法了。

《趣味物理學續編》裡引到的書，能找到的，後來陸續找來看了，果然不曾讓我失望；《中國小說史略》裡引到的舊小說，也都讀過了，令人失望的多，不過好玩的也有好幾種。要點在於，有些書，要讀得早，一旦讀遲了，機會便已錯過，如小不點兒時讀《說唐》，興高采烈，這種書如現在才讀到，大概翻不了幾頁，便嗤笑一聲，扔到一邊。所謂錯過，是錯過了享受的機會，有些書雖談不上好，談不上有益，但假以適當的時地，足能令人愉快。這樣看來，我錯過的享受，真是太多了。

14 編註：比喻事物的全貌。

15 編註：原名李生萱，中國著名哲學家。

鳥獸草木之名

在知識方面，我一直以為遺憾的，是缺少博物學的訓練。小時候讀歐洲小說，見到許多作家，特別是在林奈（Linnaeus）和達爾文（Darwin）之間這一時期的作家，擁有，且喜歡顯耀自己對動植物和礦物的知識，頗覺羨慕。當他們寫到一面山坡，不像我這樣只會使用「綠草如茵」之類的詞，他們常說出各種草木的名字，指出是哪幾種甚至幾十種樹木，組成了眼前的林地。

我不只一次想擁有這種本領，然而疏懶成性，只是想想而已。

和許多人一樣，我自以為對動物的知識足夠豐富。然而這是錯覺。我知道一大批動物的名字，對分類也略有所聞，那雜七雜八的閱讀，來自紀錄片。但能說出雀鱔或柳鶯的名字，不等於真的認識它們，等看到一群雜色的動物從頭頂或水面下擦過，便結舌了。稍可靠一點的，是在動物園的見識，可惜那些品種，離開了動物園，便鮮有機會遭遇；真正熟悉的，是我們身邊的動物，家畜和寵物，燕子和守宮，諸如此類，但誰不熟悉它們呢？想來想去，唯一足以自傲的，只是我能從很遠的地方發現幾種我最恐懼的動物——蜘蛛、蚰蜒、蜈蚣等（我很不正確地歸類為「有很多隻腳的」），以便早早逃開。

在植物方面，我的入門書，說來有點可笑，是一本《常見中草藥手冊》。在二十世紀五十年代，它非常流行，幾乎家有一冊。這本書給包在綠色的塑膠封皮裡，體積近似同樣流行的《新華字典》，裡面的插圖，有些是彩色的，在當時也覺得很好看了。我把這本小書翻得快破爛了，不過，很難說我從裡面學到了什麼，因為直到現在，我「知道」的草藥名字，可能近千，到了藥鋪，不看標籤能叫出名字的，不過數十。正像從古代文學中得知無數種動物和草木的名字，而其到底是什麼東西，心裡一團糊塗。

古人對草木魚蟲的疏證和圖譜，講名物的雜著，陸續讀過一些，竟無幫助，大約不見實物，總是隔膜。去年我想起這心事，跑到植物園，研究樹上的標籤，以為有了一點心得，第二個月再去溫習，已又不識得了。人到此時，記性已壞，機會錯過了。

大前年，回到曾居住有年的一個山區，爬上山坡，心裡高興，因為發現這裡的植物，很多仍能叫上名字，或便忘了名字，仍然「識得」，如同想不起一個舊相識的名字，仍能記得他過去的脾氣、相貌，一兩個故事，其尤熟悉的，從背影或聲音就辨得出來。在這個山坡上，我能記起哪種草是可以吃的，哪種葉緣是割人的，哪種開的花是藍色的，雖然此時它並未開花。但我懷疑，同樣一批植物，易地以置，我就又會不認得了，因為在華北山區，我識得的植物意外得少，而兩地的植物群差異本不很大。

現在，偶爾讀些講植物的書，看那些圖，但已沒有什麼雄心，只是拿來幫助一下想像，想像一下那些沒有機會結識的生物。我也明白，不知道玫瑰的名字，並不妨礙欣賞花香，但對實際世界的實際興趣，是不能拿這種理由遮擋的。

回想先人，從孔子的多識草木鳥獸之名，到《詩經》及《楚辭》裡豐富的名物，那時候的人對自然界的興趣，與泰奧弗拉斯特（Theophrastus）的，性質固有不同，卻也差不多濃厚。確實，如果你真想結識什麼人，會不想知道他的名字嗎？天文學家給那些不起眼的天體一一起上名字，不只是為了標記的方便，還代表人的一種氣魄，讓萬物在理性中各得其所。我們與自然界的關係，是個頂迷人的題目，特別是非想像的關係，既非哲學也非科學的實際關係，雖然不那麼（與前兩種關係比）為人瞧得起，卻是經驗中十分美麗的一部分。

現在的大學裡，如果有博物學這門課程，我一定要去聽一聽。但沒有。今年我有一個計畫，要到外面走幾個月，在各種預備中，有幾本和我要去的地方相關的植物圖譜。我打算見到什麼，就和書上的形容對照，不知能否長點見識。我不是很自信，我想起我就讀過的那所大學，栽有千百種稀奇植物，我在校園裡晃了四年，竟只多認識了一樣，銀杏樹。錯過的事情太多了，要恢復與實際世界的實際聯繫，談何容易，讀書自然可為小補，然而只是在想像中。

梭羅的囉唆

對一本書的態度，有時會相當複雜。我不僅一次向人推薦亨利．大衛．梭羅（Henry David Thoreau）的《湖濱散記》（*Walden, or Life in the Woods*），可是我自己，對它就有點望而生畏。有一年長途旅行，打算帶上幾本適合此行的書，我將《湖濱散記》放在行囊裡，又取出來，折騰幾次，最後還是拋下了，我對自己說：「這書適合在監獄裡看，可我是出去玩呀。」

我問自己，是真的喜歡《湖濱散記》，還只是喜歡這種喜歡？《湖濱散記》對應於我本來的品性，還是對應於我認為自己應有的品性？我向人推薦《湖濱散記》，有多少是因為相信這書對人有好處，又有多少是暗地裡覺得這推薦本身是對我有好處的事？想來想去，我還是認為，《湖濱散記》中有我不喜歡的成分，然而，也有我非常喜歡的內容。因為後者，我向人推薦它，因為前者，這推薦又帶點捉弄人的意味。

在實用的方面之外，自然界對人類來說，到底意味著什麼？這是個令人暈眩的問題，沒人能夠指望憑一己之力接近這個問題的核心；如將那核心比作迷宮的深處，我甚至認為，歷千萬年之探索，我們仍在迷宮的外圈徘徊，根據之一是，我們早就看到「美」這個路標，卻不知道它指向什麼地方。

自然界的美麗令人神往，又可以令人煩躁，像我這樣的急脾氣人，可能會比天性溫和的人，領會到後者的機會更多一點。我十分佩服梭羅的一點，是他在記錄觀察到的意象時，如此細緻和富有詩意，如〈倍克山莊〉（*Baker Farm*）的第一段，又如〈湖〉（*The Ponds*）中對湖水顏色的記述：

在這種時候，泛舟湖上，四處眺望倒影，我發現了一種無可比擬、不能描述的淡藍色，像浸水的或變色的絲綢，還像青鋒寶劍，比之天空還更接近天藍色，它和那波光的另一面原來的深綠色輪番地閃現，那深綠色與之相比便似乎很混沌了。這是一個玻璃似的帶綠色的藍色，照我所能記憶的，它彷彿是冬天裡，日落之前，西方烏雲中露出的一角晴天。（徐遲譯文，後同。此處「青鋒寶劍」的原文是sword blades，劍刃。）

我多次試圖像梭羅，像許多古典作者（包括我國的古代詩人）那樣，忘我地觀察和記錄眼前事物的細節，然而發現，真正忘我之時，人在出神，並不能一樣一樣地注意到什麼，也不能記住什麼，等到仔細觀察時，又多少有勉強自己的成分了。我想這是氣質的差異使然，也許我天生就不會「自然地」看待自然。有一次我長時間注視雲團舞蹈般的追逐，用了一千來字，把所見寫在旅行日記中，半個月後重讀時，我沮喪地想，這是什麼意思呢？它的意義在哪裡？那是不太「自然」的觀察和描述，實際上，就在我盯著雲團看時，心裡已在遣詞造句了，已在琢磨如何將眼前的事物戲劇化。

我甚至不能安慰自己說這是在記錄事物的本來面目，因為沒辦法不立刻意識到，自然界，是不存在什麼可以看到的「本來面目」的，它的此一面目和彼一面目，無大分別，有的富於啟示，有的艱深難解，但與「本來」與否無關。不過，在精神的倒影之外，自然物畢竟是自然物，時多時少，總能呈現出屬於它自己的、令我們意外的東西。梭羅在另一部著作《在康科特和梅里馬克河上一周》（*A Week on the Concord and Merrimack Rivers*）中，說，「康科特鎮是供人的身體和靈魂進出的港口。」讀到這一句時，我出了好半天的神，離開作者的原意，想到經歷過的幾個時刻，自然界確有破立之功，如在狹窄的水道，心靈必須改變原來的形狀，方能通過。

梭羅對待社會的強硬態度，是否不那麼恰當地延伸到他對待自然的態度，以至於他的心靈出入自然之港時，寧可去拓寬航道，也不願修正自己？有時我這麼想，有時又不這麼想。《湖濱散記》中，我最喜歡的，還不是如前面引述的那種凝神於自然界的描述，而是忘掉自然與人工之別，給人類的活動及其痕跡以與自然物同樣待遇的一些記錄，如〈聲〉（*Sounds*）中對火車的描述。《湖濱散記》要是只有這兩類記述，便是本完美的書，然而可惜，梭羅的湖和森林，是個戰場。

初次閱讀《湖濱散記》時，我的年齡大約是現在的一半。那時不願也不敢腹誹梭羅的囉唆，只怨自己的趣味不夠好。每讀一小會兒，就要計算頁數，好比疲憊的登山人，喘著氣瞻望山頂，不能決定從山崖縱身跳下是不是更好的出路。終於讀完時，是多麼的如釋重負啊，恨不得立刻有個人出現在我對面，好讓我把這傑作介紹給他。

儘管讀得辛苦，二十多年前，我對《湖濱散記》敬愛有加。書中那些對社會的批判，雖然囉唆之極，卻合乎一個反叛的年輕人的所有胃口。前幾天重讀時，我發現自己的意見與當年有很大不同了。舉個例子，梭羅說「最快的旅行是步行」，二十多年前我用鉛筆把這句話勾出，大概是讚賞之意，現在，對這類似是而非的警句，我只會搖頭了。

我用與以前完全不同的眼神，閱讀梭羅的某一類見解。他對日常生活的態度，是相當嚴厲的，「夜來人們總是馴服地從隔壁的田地或街上，回到家裡，他們的家裡響著平凡的回音，他們的生命，消蝕於憂愁，因為他們一再呼吸著自己吐出的呼吸。」雖然不無道理，但誰能免於此呢？用來抵抗平庸的精力，難道是無窮的嗎？光是批評人們用在衣著上的心思太多，梭羅就寫了五六頁，他批評建築，批評大學，批評一切新技術。在他看來，人們急急忙忙地架電報線，是彷彿說得快比說得有理智更重要，在大西洋底下設隧道，傳遞的不過是無聊的閒談；有沒有郵局無所謂，因為沒有多少消息重要到值得郵寄，報紙也沒什麼用，因為「我從來沒從報紙上讀到什麼值得紀念的新聞」。

梭羅對文明的態度，很容易令我們想起中國古代的某種哲學。如在梭羅看來，「我們只要住在家裡，管我們的私事，誰還需要鐵路呢？」他不鎖門，聲稱「我的房屋比由士兵把守著更讓令人尊敬」；離家半個月，丟了一本荷馬，便說「如果所有的人和我生活得一樣簡單，偷竊和搶劫便不會發生了。」他說，人們可以花一元錢買個大木箱，住在裡面，而我們為了取暖付出的絕大多數辛苦是沒必要的，因為一個人如果是哲學家，自然有高明的暖身辦法。

最有意思的，是他對農業的各種不屑。在他看來，給田地除草是違反自然的，雜草的種子有權生長，而且又是鳥雀的糧食，所以我們倒應該為雜草的繁茂高興。當然，農夫梭羅也除草，他還吃自己種出的豆子，然而只是要「瞭解豆子」，這可憐的豆子，「不是有一部分是為了土撥鼠生長的嗎？」

農民的收成，是對草地的劫掠，在美麗的湖邊耕作，是糟蹋湖岸，因為農夫「只想到金錢的價值，他的存在就詛咒了全部的湖岸。」「在他的田園裡，沒有一樣東西是自由地生長的，他的田裡沒有生長五穀，他的牧場上沒有開花，他的果樹上也沒有結果，都只生長了金錢。」最後，梭羅乾脆盼望烏鴉把最後一粒玉米種子帶回到印第安人的田裡，讓原始的自然恢復統治，穀物死亡，農業消逝。

愛默生（Emerson）曾十分惱火於梭羅論證自己立場的方式，那基本上是由重複與斷言組成的，他喜歡的句式之一是，「不是人在牧牛，而是牛在牧人」，「我們沒有乘坐鐵路，鐵路倒乘坐了我們」，——現在，我已經過了喜歡這種表達的年紀，我投向《湖濱散記》的目光，變成挑剔的了，特別是看到他說「愚昧和大智之間沒有什麼區別」，「一個老實人除了十指之外，便用不著更大的數字了」，看到他認為發現尼羅河源、探險南海之類的地理活動，同人類的進步沒多大關係，不如把力量用來探索內心。是的，內心是需要探索的，但放棄對物理世界——也就是自然界——的探索，等於放棄回答終極問題的一半機會，他為什麼會有這樣的建議呢？梭羅說過這麼一句話：「如果你掌握了原則，何必去關心那億萬的例證及其應用呢？」在我看來，這是十分危險的話。

我悻悻地想，梭羅為什麼要在《湖濱散記》中加入——其中大部分是他後來從日記或未發表的隨筆中摘入的——這些議論呢？如果沒有它們，《湖濱散記》會是一本多麼可愛的書。他的個性，他的觀察，他的實驗性的生活方式，本來是多麼美好，一旦被他塑成投向社會的石頭，又多麼讓人惋惜。他從湖畔的小屋，喋喋不休地攻擊世人的平庸，又是天才的多大浪費，——我還沒有徵引那篇〈更高的規律〉（*Higher Laws*）中的文字呢，我不忍徵引。

許多人——包括我——犯過的一個錯誤，是將自然同社會相對照。是的，我認為這是個錯誤。從古代詩人到當代的旅行者，一說到「自然」，先想到的是人跡稀少的森林、草原和山巒，那同擁擠的人類社會，彷彿是兩極，而山林的美麗，便在這種想法中，驗證著社會的失敗了。現在我不這麼想了，現在我認為與自然相對的，是我們的內心，至於社會組織的狀況，好也罷壞也罷，自然既不提供進步的線索，也不提供出逃的路徑。自然絕不是對文明的否定。

對自己的離群索居，梭羅相當得意。他曾不無誇耀地告訴讀者他用的一把斧子有多粗鈍，又說，「最接近我的鄰居在一英里外……大體說來，我生活的地方，寂寞得和生活在大草原上一樣，在這裡離新英格蘭也像離亞洲和非洲一樣遙遠。」未必有那麼遠吧，便是遠離他人，難道便接近自然了嗎？我不這樣認為，我認為離社會的距離，與離自然的距離，完全是不相干的事。

他在另一本書裡寫道：「村子的嘈雜聲逐漸消退，我們似乎開始在夢的平靜水流中航行，默默地從過去飄向未來。」每次旅行，我都恨不得有這樣的開端，也似乎有過這樣的開端，然而，不久之後，這種想像便被粉碎。自然界不管是什麼，一定不是我們為了解決自己的事務創造出來的假像，便是梭羅，也只是將他的社會，挪了挪地方而已。就連他在描寫自然時，使用的許多詞彙也曾是形容人間事務的，「在任何大自然的事務中，都能找出最甜蜜溫柔，最天真和鼓舞人的伴侶」，「每一支小小松針都富於同情心地脹大起來，成了我的朋友。」

美好的梭羅，囉唆的梭羅。現在我不用像年輕時那樣膽怯，現在我讀到火冒三丈時，可以跳到地上，大叫幾聲「可惡」，再接著閱讀。但剔掉那些囉唆後，我更加喜歡梭羅了。他的實驗，現在看來，也是無比珍貴的。借用克雷洛夫的一個著名寓言，正因為天鵝要上天，龍蝦要向後退，梭魚要下河，人類才在進步——壓根不存在一種獨自正確的力量，沒有要下河的梭羅這樣的人，我們的處境要遠比現在糟糕。梭羅是片面的，然而他又是對的，正如你的生活與我的不一樣，我的哲學與你相反，然而你是對的，我也是對的，我的對，是因為有你這樣與我不同的人，反之亦然。

事物與描述

湯瑪斯．曼寧（Thomas Manning）不僅是第一個來到拉薩的英國人，還可能是寫過西藏遊記的外國人當中最有文學修養的一位。我最早是從蘭姆（Lamb）的書信中知道這個人的。我喜歡蘭姆，對他的朋友自然也有興趣，可想而知，發現曼寧的遊記後，我是懷著一種怎樣的熱情來閱讀。結果有些失望，曼寧的記行（是在他死後出版的）是一大篇流水帳，對事物缺少熱情，觀察粗糙，其中最生動的部分，倒是他那些沒完沒了的牢騷話。

但他確實在努力記錄自己的見聞，比如他向我們描述了兩百年前的江孜宗堡：

江孜是一個大鎮，它的一半坐落在山坡上，一半在山腳下。遠看上去，它的外表很壯觀，但當走近它時，漂亮的白色石頭砌成的房子變成了髒兮兮的白牆，窗子看上去就是一個個洞。城裡到處是水流，看來當地人不知道怎樣排除路面的積水。這裡看不到任何綠色葉片，但城周圍有一些玉米地和一些樹，我想，若在夏天，這肯定是一幅令人愉快的景色。與我已經見過的西藏的其他地方一樣，江孜看上去是一片小曠野，四周為綿延的高山所環繞，沒有明顯的出路。這種大山，無論在江孜，還是在其他地方，從山腳到山頂絕對可以稱得上是不毛之地，如同兩大山之間的山谷的大部分地方一樣荒涼。（張皓等譯文）

江孜宗堡確實是個過目難忘的所在，在我閱讀過的藏地行記中，凡是去過那裡的作者，沒有不形容一番的。

又過了一百年，榮赫鵬（Younghusband）[16]侵藏，隨軍記者中有一位原路透社的亨利・紐曼（Henry Newman），他是這麼描寫江孜的：

江孜平原位於四條河谷的交叉點，這幾條河谷相互幾乎形成直角。在東北部一角，隆起兩個巨大的沙石山脊。宗堡建在其中的一個山脊上，另一個山脊上是那座寺院……在冷冰冰的高山，「七座寺院」的牆都褪成了白色，映入人們的眼簾，使人產生不寒而慄之感。其中有些寺院位於幾乎無法攀登的懸崖峭壁之上，它們居高臨下，嚴厲地俯視著下面一片熱氣騰騰的繁榮景象。（尹建新等譯文）

紐曼與曼寧都注意到了江孜宗堡的肅殺之氣，我想，一百年或兩百年前，那一帶當比現在荒涼一些，而這兩位作者的身分，與我們這些普通的行者或遊客不大一樣，而一件事物在人們的情緒上引起的反應，有一半來自當事人自己的心理基礎。

我在十幾年前去過那裡，我得說，曼寧或紐曼的描述，與我的印象有吻合之外，也有完全不同之處。我去的時候，宗山下面已有房屋和商販，遊客四處走動，端起姿勢拍照，很多隻狗懶洋洋地躺在地上歇閑，對身邊的行人以及高視闊步的母雞不屑一顧。在這樣的環境裡，居高臨下的古堡，不大能帶來威脅感，事實上，離遠一些看時，宗堡給人的強烈印象，到了近處，就被沖淡了。

同一件自然物，在不同的觀察者那裡，激起的反應是不同的（但不會是完全不同的）；古人有所謂「臥遊」之說，最早的宗炳，是把自己畫的山水掛在室內看，這更像是一種回憶了。後來讀他人的遊記，也叫臥遊。以世界之大，以我去過的地方之少，臥遊便成為我的一大消遣方式。但總忘記提醒自己的是，他人的印象，是他人的，欣賞他人的描述，相信進而努力感受他人的印象，與自己直接發生的感受，完全不是一回事。

但是，自己的感受，與自己對感受的記錄，也不是一種東西。語言或文字的本性，便是如此。不論是在心裡，還是用筆寫下來，我們一旦開始整理印象，向自己或向他人描述感受，一些東西便沉了下去，而另一些東西，並非屬於發生感受那一瞬間的，且受制於一個人的「文化態度」的，浮了上來。每一個人都是作者，每一個作者都在竭力傳達自己的感受，都想方設法讓他人心中發生自己曾發生的事件，雖然沒有人能夠完全做到，但實現的程度，還是很不相同的，而這種差異，對寫作者的命運來說，是至關重要的。

十幾年前在拉薩，上午無事，便去附近的書店，那時行囊羞澀，買本書也要斟酌再三，所以多只是站著讀讀。有幾次，讀了一會兒，抬起頭來，看見城外的根培烏孜山，就有些喪氣——閱讀似乎並沒有拉近我與事物的距離。書本與實際物件之間的對比，令人廢然。出發之前，我準備了一個很大的本子，打算寫些記錄；然而三個月裡，只動過幾次筆，零零碎碎地寫了幾千字。如此的原因，一是懶，二是不管怎樣努力，一下筆便覺矯情，寫出來的東西，與心中真實的感受相比，走了模樣。越是想傳遞自己的感受，所得越是拙劣。我想，如能做到只寫給自己看，就會自然許多，但這真是很難做到。只給自己看的文字，大概會像魯迅日記那樣，粗略的流水帳，因為如果詳細向自己形容某些事物和某種感受，則又是將自我擬為外在的讀者，那文字又不像是寫給自己的了。

在西藏有過幾回特殊的感受，其中的兩三次，過後有所形容。有一段是這樣的：

我們是在晚上駛入拉薩的。大約在八點和八點半之間，在從墨竹工卡到拉孜的路段上，我一直從前窗注視最遠處的那座山脈。它沒有什麼特別之處，但天空的餘暉正在它身後消失，這使它從背景中凸出，似乎懸浮起來；周圍的山脈整齊地排列著，汽車繞過許多山尾，像穿過許多扇門，然而一直沒能駛近它。巨大的雲團靜止在那山的上方，雲團的下緣與最高的一處峰頂相接，此時天色已經昏黑，兩側的山脈形體模糊，像是俯臥下去了，一個朝聖者在這個時候，也許要屏住呼吸，等待什麼發生吧。

如果我全然忘記了當時的感受，這段記錄或許能騙過我，但我還記得呀，我還能回憶起那時心裡發生的震動，所以對自己的記錄很不滿意。我覺得前幾句很笨拙，我覺得「朝聖者」是容易造成誤會的詞（我雖然不是澈底的無神論者，卻一點兒「宗教情懷」也沒有），而最關鍵的是，當時雖然沒有愚笨到去直接描述心裡的感受，那種側面的暗示仍然不能算是成功，這種手法雖然狡猾一些，卻缺少勇氣，它記錄了一點，回避了更多。

第二次記錄是在日喀則到亞東的途中，從一個叫嘎拉的村子折而向西，向崗巴的方向，有一條半荒廢的岔路。那是一段悲慘的行程，連著兩個晚上我們都縮在汽車的座位上過夜，不過很值得，因為見到了一些美麗的東西。

車過崗巴，我以為這段行程已經結束了，但半小時後，大約在七點半到八點多之間，我見到了另一種動人的景象。在鄰近中錫邊境的巨大山脈中，公路修建在高高的山脊上。俯視一排排的峰巒滾滾東來，像海面上的波濤一樣。西方的天空藍得透明，一些雲塊懸浮在那裡，被落日照得發亮，每當汽車爬上坡頂時，直似要開到那裡面去，因為在這一瞬間，面前一片空廓，天空像折曲的手掌一樣裹著我們。在海上航行時，也能見到類似的景象，但地平線總是那麼遠，曲率很小，而在我剛剛形容的那一瞬間，地平線似乎就在前面一米遠的地方，而弧形的坡頂造成這樣一種錯覺：我像是在地球儀上旅行。

我得老實承認，我覺得這一段比上段引文要好一些。不過，它仍然沒有直接描寫內心的感受。那是我現在也做不到的，因為當時的感受甚至不能用複雜來形容，那是一種充盈感，既紛至遝來又渾為一體，如果力圖形容它，就得去分析，辨識，拆得亂七八糟。不過我們經常不得不這麼做，我們需要與他人分享經驗，何況分析自己的感受，是整理內心的途徑，有時會破壞原本的印象，卻總能增加自己的一種知識性的認識，此即所謂失之東隅，收之桑榆。

扯這些，甚至不嫌拿自己的破爛文字為例，是想起，有那麼多好書，閱讀是如此的愉快，使讀書人總有一種危險，忘記或不願意去處理實際事物。甚至，因為實際事物永遠不像書中事物那樣清楚、美麗、有條理，讀書人有時還會厭惡和疏遠實際。而從寫作者或表達者這方面說，無論怎樣努力，也沒有辦法把實際事物帶到讀者或對方眼前。所以如果有人對我說，你看了我的記錄，那裡就不用去了，我會說他在吹牛。所有的遊記作者都在做我前面做的努力，只是比我高明若干，那種努力便是，把事物有選擇地介紹出來，想在讀者與事物之間，夾入自己的私貨。有些遊記寫得太好了，我們閱讀的時候，沉浸其中，而我想提醒自己的是，最好的遊記，是讓人讀後想，天吶，我一定要到那個地方去，而不是告訴自己，那個地方我不用去了，因為作者已經形容了它的全部美妙。如果一個人能夠形容一件事物的全部美妙，那事物一定有所損失，而我們知道，不管是誰，坐在家裡寫部遊記，對他描述的事物是沒有影響的。

我仍然喜歡閱讀遊記。遊記的價值，只有一半是向我們介紹我們沒有到過的地方，還有一半，是讓我們觀賞到他人對事物的反應。即使最平鋪直敘的記錄，即使是旅遊手冊，仍然是一種「印象」或觀點，我想這是沒有例外的。那麼鏡頭呢？在我們的各種記錄方式中，攝影大概是最有可能接近事物在視覺上的原貌的了，不過可惜，那畢竟不是事物本身。現在攝影工具到處都是，咱們出去遊玩，總會拍些照片，幾年之後再看時，對自己的記憶是個提醒，而總有些照片，讓我們撓撓腦袋，對自己說，我當時在想什麼，為什麼要拍這個？孤立的畫面，如果可以理解，那也是因為我們記得或知道畫面之外的東西，它與我們的經驗之間有所聯繫；這類聯繫，在文字敘述中更容易建立——我們經常問別人「這拍的是什麼」，我們很少不明白作者在描寫什麼。順便說一句，我不喜歡中間插著攝影作品的書，不管是遊記還是什麼（攝影教材是例外），對我來說，那是對閱讀的打斷，攝影對事物面貌的記錄與文字記錄的差距太大了，攝影對焦點之外的細節也不得不記錄，這與文字敘述太不同了——在文字描述中，作者沒有寫到的，我們或者不去操心，或者用想像去填充。再說了，攝影的工具氣氛也與書本子不協調，和它相比，插畫就好得多了，我喜歡速寫的插畫。

還要順便說一句的是，這些年裡我讀過幾十種藏地的記行書，因為不能去，便只能以此為臥遊了。為什麼不能去呢？當年與我同行的那位朋友說得最明白：沒臉去。
不管我們自己是什麼態度，畢竟不能輕鬆地甩掉自己的某些身分，而在這樣的身分下，去那裡玩，實在是有些慚愧。

16　編註：英國殖民者

「密爾」路碑

不算很久之前，整理舊物，看見一堆活頁紙，一陣歡喜，因為那是中學時期的舊紙，本以為早就扔掉了的。翻了一遍，一小半是當年胡寫的東西，一大半是讀書的摘記。又發現其中對一本書的摘抄尤多，竟有二十一頁半，不免要回想，這本書以什麼性質，令那時的我如此佩服呢？

書是約翰·密爾（John Mill）的《論自由》（*On Liberty*），我依稀記得它的樣子，很薄，黃色的封面，紙張粗硬，且有許多斑點。筆記上注著抄錄的日期，一九八一年十一月二十二日，是高中的最後一年。中學時的習慣，是週末上午游泳，下午去圖書館，到了假期，才能去得多些。學生證不能借出書籍（或只能借出某些種類，記不清了），要在館中閱讀，摘記便是在圖書館裡抄的了。

密爾的《論自由》，打那以後我就沒有重讀過。我把筆記翻看了幾頁，已大致明白當時它吸引我的原因。

「當社會本身是暴君時，即社會作為集體而淩駕它的個別個人時，它的肆虐手段並不限於通過其政治結構而做出的措施……「人類之所以有理有權可以個別地或者集體地對其中任何分子的行動自由進行干涉，唯一目的只是自我防衛……

「假定全體人類統一持有一種意見，而僅僅一人持有相反的意見，這時，人類要使那一人沉默並不比那一人（假如他有權力的話）要使人類沉默較可算為正當……

「我們要以中國人為鑒……要使一切人成為一樣的中國理想……」

我現在的觀點是，自由即自然——即人類的自然狀態，它的反面是權力。我為什麼持這樣的觀點——這觀點並不是我的發明，至少可以追溯到霍布斯（Hobbes）和洛克（Locke），那麼正確的問題應該是，我為什麼接受了這樣的觀點，而不是其他呢？

我想起一九七六年秋天，在一個山坡上，與一個同學皺著眉頭討論：「……會不會變天呢？」那時我還是個小學生呢！是的，我們這一代人，本來是標準件，出自政治工廠。我們不知讀過及聽過多少正統的書籍、報紙、廣播，每天浸泡在其中，生長在其中，在小學時便寫批判稿，寫學習體會，訂閱《朝霞》《學習與批判》，「關心國家大事」……如今我好奇的是，那一代人，是如何衝出這包圍的呢？

「好像沒費什麼勁。」我同一位老友談到這個問題，他這麼說。是的，好像沒有經歷過什麼嚴重的思想轉變，沒有經歷過可用「崩潰」「重建」之類的詞來形容的過程，瓦解是安安靜靜地發生的，等想起來時，它已經完成了。

這中間，我能想起來的，有雜亂的（而不是專一的）閱讀，政治事件，電影與音樂，報紙上的幾次討論（那時中學生普遍認為這些成年人在討論無需討論的事）……假如沒有這些因素呢？

這個問題的答案，同樣解釋了我為什麼採取目前的觀點（那隱含著人類天性的前提）。是的，我相信人類的天性（它同哲學家想像的自然狀態幾乎是一件事物）；我相信當個人的天性得以展開時，對自由的需要會立刻甦醒。對任何少年人來說，對干涉的厭惡，不論這干涉是來自家庭、學校，還是社會的其他結構，是自然的事，這種厭惡迫使他為自己的獨立尋找論據，也是頂自然的事。

蠍子樂隊（The Scorpions）的《變化之風》（*Wind of Change*），是我在二十年前從收音機裡聽到的。寫到這裡，我想起了這首歌，「變化之風，給未來的孩子，送來夢想。」實際上，風無時無刻不在吹拂，只要我們自己允許，沒有什麼牆壁能阻擋它吹掉蒙在本性上的灰塵，沒有什麼覆蓋能阻擋它攜來令種子發芽的雨水。

那些摘記如同路碑，標記著密爾對我曾有如此的影響，而這影響，我本來有可能忘記的（後來又曾讀過他的《功利主義》（*Utilitarianism*），就不是很接受了）。現在看來，密爾與其前輩不同的地方，是他的矛頭所指不是國家權力（對國家權力的限制，在這位十九世紀的英國人看來，是已經有所解決的問題），而是社會對個人的壓迫（比如泛道德主義的壓迫，習俗的專制）。這恰好迎合了三十年前的中學生的胃口，至於國家權力的災害，我在後來的日子裡會有大把的時間去體會，而且，對它的立場——當需要一個立場時——將是不假思索的，因為有了被密爾啟迪出來的個人主義，不難辨認出誰是自己的頭號對手。

同情

手頭有本劍橋大學西蒙・巴倫—科恩（Simon Baron-Cohen）教授二〇一一年的新著《惡的科學》（*The Science of Evil*），從它的副標題——「論同情及人類殘忍的起源」（*On Empathy and Origins of Cruelty*），我們能大致猜出著作的主題。

在書的一開頭，科恩講了三個故事。

第一件事，是在他七歲的時候，父親向他說起納粹用猶太人（的皮）製燈罩。「這是那種一旦聽到，就永遠從腦子裡抹不掉的話。」科恩回憶。人和燈罩，這兩件事怎麼能聯繫得起來呢？

他父親還談過自己早年的女友露絲・戈德布拉特（Ruth Goldblat）。科恩的父親第一次拜見露絲的母親（集中營的倖存者），發現她的手是「反」的。納粹科學家將她的手切斷，反著縫接回來。現在她掌心向下時，拇指在外側，小指在裡側。聽到這裡，年輕的科恩，朦朦朧朧地意識到，人類本性中有一種似乎與自己相反的性質，人可以不把人當人看。

第三件事，是科恩成年後，聽一位生理學教授說，人類對低溫的耐受極限，至今最可靠的資料，來自納粹科學家在達豪集中營（Dachau Concentration Camp）進行的「浸泡實驗」——沒必要介紹這可怕的實驗的詳情，且說科恩聽到後，腦子裡想的是，人，是怎樣來「關閉」天性中的同情之心呢？

科恩有個一生揮之不去的問題：怎樣理解人的殘忍？通常，有人做了可怕的事，我們便說他是壞人，他是魔鬼，他邪惡。在科恩看來，這根本不是解釋。

這一點上，我贊同科恩。將人的一些行為歸之於品性「邪惡」，有點像希臘戲劇中的「機械降神」，對真正的思維是種破壞。我們用「邪惡」之類的概念來包裹人性的某些特質，至少有時，是因為我們假裝不理解邪惡，不願意承認自己有「邪惡」的能力。作為品質的「邪惡」，好像是某種外物，可以驅趕、教化或用手術刀拿掉一樣……萬一是，也將像電影裡的異形，取掉它，我們就死了。

科恩認為，所謂惡，就是將人視為非人的客體，是同情心的喪失。短暫的喪失（這是每人都經歷過的，因為仇恨、憤怒、報復心等），是同情心的臨時關閉，長期的喪失，叫「同情的磨蝕」。

這本書我並沒有讀完，原因之一，是我先入為主地不喜歡他提出的「零同情」概念。如果有人——哪怕只有一個人——能夠毫無同情心，不論是作為感覺的同情（sympathy），還是作為功能的同情（empathy），都一絲一毫也沒有，那意味著，大衛·休謨（David Hume）所主張的同情心是自我與普遍道德之津梁，便不能成立了。

在人的精神王國，誰是國王？理性，情感，還是別的什麼，以及真的有國王嗎？道德的真正發動機，藏在哪裡？參加爭論的，在十七世紀、十八世紀，有了不起的笛卡兒（Descartes）、史賓諾沙（Spinoza），也有同樣了不起的休謨和亞當·斯密（Adam Smith），以及眾多的優秀頭腦。一方認為情感是軟弱、混亂、低等的，離身體比離靈魂更近，另一方則有休謨的「理性是且應當是情感的奴隸」（這是他的一個極端表達，不代表他在這個問題上的全部態度）。涉及到同情心，陣營變得不那麼清楚了。霍布斯說，對他人不幸的憐憫不過是恐懼自己遭受同樣的事，曼德維爾（Mandeville）[17]說我們悲憫朋友的不幸時，心中有一種「隱密的快樂」，而亞當·斯密生氣地說，沒有那回事，「我的悲傷完全是因為你，不是因為我」。這三位可都有經驗主義背景，而且有兩個半是英國人。

在哲學家爭論的時候，我們這些行外之士，一邊聆聽，一邊難免想些自己的粗淺心事。

我此刻在想的一件事，理性是經常受蒙蔽的，在這個時候，誰為它拭去塵土呢？我知道標準答案是，理性是最好的拂塵，包括對於其自身。但又想起休謨的結論，根本沒有不伴隨情感活動的理性，又想起理性暫時蒙塵的一些例子，想起湯瑪斯·阿奎納（Thomas Aquinas）[18]，不管他是多麼善辯，不管我們多麼敬仰他，一旦讀到他認為消滅（包括——而且主要是指——使用暴力，比如火刑）他人身上的「邪惡」是對那人做善事，這時，在我們對神學十分陌生而無力反駁時，是什麼能讓我們對阿奎納這樣的觀點皺起眉頭呢？

我小的時候，與那個時代的同齡人及父兄輩的人一樣，接受過「革命文學」的訓練。「革命文學」裡都有反角，幾乎都是單調的、概念的、物體一樣的人。這種描述，是精心設計的，為著避免讀者產生「不正確」的想法。這些反角，無不得到「應有的下場」。是啊，應有的下場，在書裡，在實際中，旁觀者歡呼，在書裡，也在實際中。

現在，如果我重讀《閃閃的紅星》之類，會大搖其頭，因為我的「理性」便足夠讓我知道哪些是荒謬的，哪些是可怕的。但一個七八歲的、生活在謊言之網中的孩子呢？有個老兄，向我說起過一部叫《英雄虎膽》的電影。在他插隊時，為了裡邊的一個角色——王曉棠演的阿蘭，幾個知青吵了一架。我也看過那部電影，那時年齡還太小，但也覺得漂亮的阿蘭被一槍打死真是可惜。

這是因為她漂亮嗎？是，但不僅僅是。我還聽說過二十世紀五十年代的讀者為了《鋼鐵是怎樣煉成的》中的冬妮婭辯論。也是因為她漂亮嗎？是，也不僅僅是。伴隨著愛美之心的，還有美麗喚來的人之正常情感的覺醒，關閉的同情心，被活躍的想像打開了。閱讀中同情心的發生，有其他的、與漂亮無關的機會，比如，我相信許多讀者和我一樣，如果反角是個滑稽可笑的傢伙，就不希望他悲慘地死去。

要說其中的關鍵，我想起了一個休謨愛用的字眼，「生動」，是的，「生動」意味著我們離物件足夠近，「生動」意味著我們的想像力被激發，「生動」誘發同情心。休謨說，「同情的擴展在很大程度上依靠於我們對他的現狀所有的感覺，……需要想像做很大的努力。」這裡的關鍵字是「對其現狀的感覺」，以及「想像的努力」。我們不能「感覺」一個完全概念化的角色，但只要這角色稍有「人味兒」，同情心就有可能——哪怕只是一點點可能——覺醒。我們不能夠對我們完全沒有認知的感受發生同情。如果我們從來沒有疼痛過，我們怎能不笑嘻嘻地用棒子打別人的頭呢，如果我們從來不曾流血，也沒有聽說過、閱讀過對於流血的描述，我們怎能看到別人流血的手指而縮攏身體呢？是的，我們不曾死亡，但有誰不知道死亡的意義呢？擴大經驗範圍，似乎是發展同情心的必須經過的途徑。

文學，有擴展經驗的功能（儘管不是它最重要的功能）。一部文學作品，對讀者來說，充滿著他人的感受，他人的生活，他人的他人。甚至，一部壞的，很壞的小說，也不可能完全忽略人的感受，不可能完全抹掉生活的「生動」之處，它的讀者，每次只得到些碎片，但也許有一天，這些碎片會聚攏起來，成為活生生的「他人」的觀念。還記得當年的批判「資產階級人性論」嗎？無數在我們今天看來很不「人性」的作品，在極權的追求和維護者看來，仍是「迷魂湯」，亦可證文學之難以「純淨」。

我當然不是主張閱讀壞的文學，但是，在好的文學難以獲得之際（許多人有這種記憶），當強加與哄騙完美結合的時候，在爬出謊言泥淖的工具如此之少的時候，最壞的文學——我不敢相信我這麼說——也比殘酷的政治家最好的演說要有益人心。有這麼一句話，「利用小說反黨，是一大發明」，事實上，這是最古老的發明之一。文學，亦如瑣碎的日常生活和庸常的情感，天生擁有化解之力，對渴望用權力和教條統轄萬民頭腦（而不僅是身體）的野心家來說，文學是個狡猾的敵人。

在《惡的科學》書中，科恩討論了漢娜．鄂蘭（Hannah Arendt）「平凡的惡」的概念，很可能，他的研究曾受到鄂蘭「邪惡發端於同情心結束之處」這一主張的啟發。科恩請我們思考這樣一個鏈條：

甲：我只是將本區的猶太人列了個名單。

乙：我奉命去逮捕一些人，把他們押解到火車站。

丙：我的工作只是打開火車車廂的門，僅此而已。

……

癸：我的工作只是打開淋浴噴頭，毒氣從裡邊出來了。

我想到的是今天發生在我們身邊的無數例子。制度……制度……制度不是人這樣的道德主體，制度沒有道德責任，我們沒辦法懲罰制度，我們只能懲罰人。制度不會慚愧，人有可能。在任何制度下，所有被殺的人，都是被人殺的。

對權力和殘忍的關係，研究甚少，但我們知道，在人類殘忍行為展覽會的最顯要位置上，是那些手執權柄之人。我們自豪地擁有瘋狂的高洋和卡利古拉（Caligula）⑲，有同為女性的呂雉和伊爾斯．科赫（Ilse Koch）⑳，有屠城的英雄項羽和阿提拉（Attila），這個名單長得無法形容，其中包括被人細密研究過無數次的藝術愛好者希特勒（Hitler），以及若干我不便說出名字的大人物。

其中的一個類型，是「君子遠庖廚」。不再有「生動」的人，只有乾燥的數位和偉大的目標，只有成功和障礙。有幾個政治人物，會費力去想像會有多少人，因他的一道命令，痛苦，憂愁，被處死或在饑餓中死亡？

當物件沒有任何「生動性」時，沒有主動的、努力的想像，同情心的發生，能有多少機會呢？喬治．奧威爾（George Orwell）舉過一個例子，投彈的飛行員從一萬米高空看下去，房屋至多是個斑點，他按動開關，炸彈搖搖擺擺地下墜，他看到微弱的閃光，知道自己完成了任務。

我又想起不久前閱讀的《巫覡之錘》（*The Hammer of Witches*）（又一本我沒能讀完的書），一本禍害數百年、現在終於被公認為邪惡的著作。現在我想的是，那位主要作者，一名多明尼加派的修道士，在妄斷他人的內心時，可曾有一點同情之心？在寫下那些條分縷析的句子時，他是否意識到他在談論殺人？我想他當然知道，他不在乎。在殘酷的時代，殘忍的寫作才是合乎風尚的，回想小時候讀過的許多作品，我吃驚地發現，自己受過那麼多的殘忍教育。

科恩說同情心是人間最寶貴的資源。我十分同意，而且十分願意同意。但是，我想起伯納德．曼德維爾將憐憫看作是一種弱點（儘管，他說，是與美德最相近的弱點），是啊，我希望同情心是人性最後的堡壘，但這堡壘到底有多麼可靠呢？畢竟，同情心有可能只是美麗的花朵，來自我們尚不瞭解的根源；在相反一方，作為喪失同情心的邪惡，到底是腐敗本身，或只是某種腐敗的臭氣，而那腐敗之物，同樣還在更深之處？

17 編註：英國哲學家、古典經濟學家。
18 編註：中世紀哲學家與神學家。
19 編註：Gaius Julius Caesar Augustus Germanicus，羅馬帝國第三任皇帝，建立恐怖統治，被視為暴君。
20 編註：納粹集中營指揮官的妻子，殘忍虐待集中營囚犯，是著名的納粹戰犯。

輯參

讀書為己

如果一個人堅信自己屬於正確的少數，他為什麼不可以批評多數人呢？

讀無用書論

或暫或久的，每過幾年，就有一年厭倦閱讀；每一年中，也總有一兩個月，常常是在歲杪，一點兒也不想看書，此時每本書，都像失掉了可喜的個性，變成課堂裡嘮叨的教師，飯桌上按著自己的破事講個沒完的討厭鬼，笑容可疑的推銷員，說長道短的上士，自言自語的郵差，搜羅聽眾的退休官員。在這種時候，習慣地拿起書來，剛一打開，太陽就鑽進了雲層，我的眼睛衝著書，腦子跑到別的地方，拽回來，便在兩者之間飄浮著，心無定屬，唯一不變的心思，是「我恨這本書」，以及下一本——打開，合上。看到我這無聊的樣子，窗臺上僅存的一株花草，吐出最後一口氣，死掉了。

這種狀態，像是人在旅中，忽生厭倦之意：「我為什麼在這裡？」出門前想得好好的，這裡看山，那裡涉水，地圖在手，眼鏡在鼻，上午參觀，下午照相，遇碑撫碑，見橋登橋，呼朋喚友，招貓逗狗，趨前趨後，興致勃勃，然而總有一天，一股不耐煩之意騰地衝上心來，於是山失色，水無光，雨打鼻子雪凍臉，草木颳衣服，炊煙熏眼睛，曾經美麗的臥石，這會兒專絆人大跟頭，誰還有刻頌之心，全身上下只覺得累。又好比例行的晚宴，有良朋可與談笑，有羊肉可用尋開心，耳聆高賢之教，手傾威士之忌，放下五湖之心，拿起二鍋之頭，凱樂歡欣，夜復一夜，忽有一天，眼睛盯著一個人的臉，心裡想的是：「他到底在說個什麼？我為什麼要聽他胡扯？」一念之來，興致索然。

為什麼如此？我們疏離一件事物，粗淺地說，或者是沒有發現它與我們的關係，或是那關係太緊密狹隘。正如生存是最不可忍受的生活方式，求知是最容易讓人生厭的閱讀方式。我現在看書，哪怕是看閒書，也經常閒不下來，或者是這個有用，或者是那個頗可思量，人閒心不閒，簡直可惡，而極少有——如果不是完全不能夠——忘我的閱讀。世界總是要使我們每一個人都像它，推開窗子，看看外面，或者不推開窗子，看看周圍的什物，就看見了我們自己的性格，糾纏在與他人共用的網中，閱讀本來是擺脫侷促的辦法之一，然而或者是因為我們已經僵硬了，或者因為作者也在局中，讀著讀著，便會忽然覺得窒息。

我剛上小學時，趕上批判「讀書無用論」的尾巴。後來又批《三字經》什麼的，來回來去地折騰。「讀書無用論」與「讀書有用論」，本是一家，是一種疾病的兩樣症狀，好比一種錯誤的證明，恰是對自身的反駁。怎麼批「讀書無用論」，我記不起來了，如若想像，不外是工農兵占領上層建築啊，科學種田啊什麼的。我只記得此時翹課不如以前那麼方便了，寫起檢查來，要自訴「受了讀書無用論的流毒」等，活活多寫一兩行。沒過幾年，恢復高考，讀書更加有用了，《三字經》也重見天日，裡邊有好多苦讀的故事，孫敬懸樑，蘇秦刺股，匡衡鑿壁，車胤囊螢，好不讓人厭惡。最可惡的一個人，不在《三字經》裡，是後漢的桓榮，他小時候家裡很窮，種田時也帶著書本，他的哥哥不理解。後來桓榮做了官，回到家中，向兄弟們展示官家班賜的車馬衣服，帶著雅各式的微笑說：「此稽古之力也。」

「勸學」是中國的傳統。這傳統有傑出的一面，又有鄙陋的一面。古往今來勸學的詩文無數，我今天想起的卻是唐代的小說《李娃傳》，這故事的前一半很好，後一半惡俗，由它衍生出《曲江池》、《繡襦記》等各種戲文，傳到今天，許多劇種裡都有，而李娃勸學的手段，早就可怕了：你要不是看書，總看我，我就把眼睛挖掉。昆曲文縐縐，梆子腔裡是這麼唱的：「我將你當志氣男子靈芝草，誰知你是臭蓬蒿。一根銀針我在手，刺壞左目禍根苗。」讀書如此沉重，怎能不令人厭倦。

我當然不反對有目的的讀書。我最熱愛的傳統，大概就是人類的知識傳統了，貓因為沒有這樣一種傳統，正橫在我的床頭打瞌睡。但在此外，有時候，我們需要放棄「有用無用」這種看待事物的方式。孔子說詩可以興觀群怨，「邇之事父，遠之事君，多識於鳥獸草木之名」，這或是種無奈的一隅之教。拿起半首狄金森（Dickinson）的詩歌：

你不能將一股洪流折起，
把它擱進抽屜——
風會將它找到，
並告訴你的雪杉地板。

我們能不能承認，任何功利性的念頭對欣賞詩歌都是有害的？以前為讀「閒書」辯護，我曾經說，這些書至少可以擴展我們的精神，或令我們愉快一時，現在看來，這是一種妥協的、不澈底的辯護，它仍然或明或暗地接受著有用無用之論。按照最嚴格的有用無用之論，找到一本完全「無用」的書是很難的，理論上是做不到的。而這也不應該成為辯護之詞，實際上，用不著辯護，我們用不著自辯，用不著為任何書辯護，用不著為別人糟糕的思想，浪費自己的思想。

當我們說一本書「有用」或「無用」，我們在想什麼，我們指的是什麼？有用無用這種說法，大概與書對人的影響有關，而在很大程度上，我們打算接受什麼樣的影響，左右著我們實際接受了什麼影響。我們打算令一本書能夠為己所用，我們做到了，而同時棄掉了——如果這是本好書——更多的「無用」的內容，那些文字，作者在自由的狀態下寫出，我們在不自由的狀態下忽略了。

我念大學時，遇到的老師中，有一位陳先生。話說上課記筆記，是好習慣，特別是發生在別人身上。有些課我沒有上，到考試前，就借同學的筆記看一看——對考試來說，筆記是有用的。看一本筆記，與上半年的課，有很大不同嗎？對試卷來說，沒多大不同，對人來說，有很大不同。說回到教十九世紀歐洲文學的陳先生，他留法多年，漢語有點生，經常捏出古怪的詞來，「重鏡破圓」之類，讓我們哈哈大笑，而他從來不以為忤，他那種坦蕩、幽默的性格，對事情溫和得體的反應，在那個時代，並不多見。他對法國文學的見解，說來慚愧，我已經沒有印象了，但他的春風言笑，姿態口吻，那些隨意的劇談，零星的手勢，他的衣著，家中堆得到處都是的唱片……這些都是沒用的，是嗎？

還有褚先生，是治秦漢文學的專家，給我們本科生上課，自然是只講些基礎的，用不著出語驚人，但偶一激揚，閃現出的絕塵之逸，足令嚮慕。他老先生騎的是一輛自行車的遺骨，遠一點看去，如同坐在半空中，就這麼在校園裡樂呵呵地往來，像卡通片裡的人物，而這些，又豈是筆記裡會有的。

我說這些，是粗淺的比喻，而仍沒逃出有用無用之論。其實我最反對有用無用之論的濫用的，是這種觀點，隱藏著狂妄與閉塞。說它狂妄，是它以為我們對世界及自己的瞭解足夠豐富，足夠深刻，能夠判定一切或絕大多數事物會如何影響我們的利益；說它閉塞，是它把我們可憐的一點知識，轉化為精神的牢獄，或說得好聽些，一張道路旁午的地圖，進而斷言，道路之外，實無景致。古典功利主義者不能、也無法假定能夠計算出行為的全部後果，我們就能了嗎？我不知道未來人類會怎樣理解類似的一批問題，但一個有可能存活數十億年的種類，在才擁有兩萬年左右文明史時，便假裝掌握了種種訣竅，是不是有點兒過早了呢？

一本書，如同一個陌生人。我們見過各種陌生人，我們來到陌生的醫生桌前，想聽他對我們脾胃的意見，我們把陌生人請到家中，除去地板下的害蟲，我們向陌生的人購票，吃下陌生的人端來的食物——也有的時候，面對一個陌生人，我們不知道他會說什麼，不知道他會做什麼，不能從衣著判斷出他的職業，不能從表情看到他的性格，這時，我們是應該高興，還是害怕呢？

我從朋友那裡收到過許多珍貴的批評，其中一次，是若干年前，在山西的一個地方，一個衣服上有許多灰塵的男人來到我面前，勉強擠出些笑容，開口說：「你們是頭一次來吧？」我擺擺手說：「不用不用，我們自己知道。」那人走後，朋友說：「你怎麼隨隨便便就把人趕掉了。」我說：「你沒聽出來？他是那種帶人逃掉門票，來掙錢的。」朋友說：「你怎麼知道？」「我看得出來。」「如果不是呢？」

是啊。如果不是呢？萬一不是呢？不討論這種態度對別人的傷害，且說它對自己的傷害——我們經常抱怨，生活中的意外太少了，新鮮的情節太罕見了，同時，我們這些有經驗的人，對概率的依賴，又有點過分。那人有很大的機會，確是我料想中的人物，但另一類機會，本來因為其弱小而珍貴，也被我們零零星星地斷送了，亦如在有用無用的思辨中，我們，作為讀書人，越來越不自由。

小時候（我發現，這個詞最近用得漸漸多起來。我還不到七十歲，已經開始像九十歲人那樣愛憶舊了），曾經生活過的一個地方，有些奇異的詞語，其中一項，是將所有的壞蛋，不分中外，一律叫「美國人」。電影看到一半，就有先知大聲指出：「瞧出來沒？這傢伙是美國人。」對那類電影，他們總是瞧不錯的。我從他們那裡學到了看電影的糟糕態度，東猜西猜，以不失算自雄。不過前幾天看了一部《殺戮演繹》（*The Act of Killing*），很受震撼。我一向是有點瞧不起電影的，從沒想到一部電影能夠像書那樣往心裡鑽。看完這部電影，心生種種念頭，其中一個是對自己說：「別以為你什麼都明白。你沒見過的還多著呢。」

回到開頭的話——不是書令我隔三岔五地生厭，是自己的態度，精神上的不自由，心胸的不開放，回火到自己身上。怎麼辦？沒辦法，像在很多事情上一樣，一邊對自己不滿意，一邊依然故我。改是改不了啦，有所警戒，聊勝於無。

當我們說一本書有用或無用，我們在想什麼，我們指的是什麼？有用無用這種說法，大概與書對人的影響有關，而在很大程度上，我們打算接受什麼樣的影響，左右著我們實際接受了什麼影響。

山峰及其他比喻

有一件事，是每個讀書人，尤其是文學的讀者，難免在心裡嘀咕的：我對一本書的價值判斷的價值如何？價值判斷沒有對錯可言，但另一些尺度，如我們經常說的判斷力、趣味、視野、志向，又是不容易忽略的。一本文學史上的偉大作品，我卻不以為然，是我的問題嗎？喜愛一些難登大雅之堂的書，是不是羞於承認的？一個人的喜好，如果與「公認」的名單完全一致，是值得歡喜的事情嗎？如果嚴重地不一致，這人是應該不安，還是應該慶祝自己的特立獨行？

朱利安·貝爾（Julian Bell）寫過一首諷刺維根斯坦（Wittgenstein）的短詩，最後一句，說維根斯坦「大談人文，自詡全對」。維根斯坦果真能夠如此驕傲，倒也去掉了他自己的一樁心事，但他未能；他覺不出莎士比亞有什麼偉大，為此有點煩惱，——覺不出莎士比亞之偉大的，不止他一人，而為此煩惱，則可玩味。他在筆記裡試圖拆解莎士比亞，莎士比亞的比喻、莎士比亞的思索能力、莎士比亞與現實的關係……他分析、尋找支持自己感受的方方面面，但驕傲、猛銳如他，敢於「深深懷疑莎士比亞的崇拜者」，卻始終沒有敢聲稱莎士比亞是一個二流作家，頂多委婉地說：「要解釋我對他理解上的失敗，我不具備輕易地、像一個人眺望一片光輝燦爛的風景一樣閱讀他作品的能力。」（許志強譯文）

第二個例子是我自己的。珍·奧斯汀（Jane Austen）的《傲慢與偏見》（Pride and Prejudice）和艾蜜莉·白朗特（Emily Jane Bronte）的《咆哮山莊》，我是在同一年讀的。我把《咆哮山莊》讀了一遍，《傲慢與偏見》則連讀兩遍。若干年後，我以為自己成熟了，當比早年更能理解、欣賞《咆哮山莊》，於是重讀了這兩本書。是的，我確實比過去更重視《咆哮山莊》，不過還是更喜愛《傲慢與偏見》。為什麼呢？我問自己。《咆哮山莊》顯然更擁有我們通常用「偉大」來形容的某些特質，它更接近於「偉大」

（順便說一句，這個詞是外來詞，它所形容的特質與同時映射的我們自己的心理，都頗可思索），這本書對人類精神的探索，不論是在能力上，還是在勇氣上，都遠超《傲慢與偏見》；《傲慢與偏見》固然溫潤可喜，而其「見識」（這是該書中常用的一個詞），相對於其時代的高度，不過如彭伯利莊園的小山：

只見叢林密布，從遠處望去益發顯得陡峭，真是個美麗的地方，處處收拾得都很美觀。她縱目四望，只見一彎河道，林木夾岸，山谷蜿蜒曲折，真看得她心曠神怡。（王科一譯文）

而《咆哮山莊》呢？如拿山峰來比喻，顯然更加高聳、險峻，我也相信，如能登頂，所見到的勝景，也當更加富於啟發。不過，它的山路破碎而曲折，山石嶙峋，樹林幽暗而不友好，沒有《傲慢與偏見》中供人歇腳的平地甚至小亭。它的溪流湍急，我們把腳伸進去，本想安慰一下磨得紅腫疼痛的肢體，卻涼得趕緊縮回，叫出聲來。天氣也是如此，《傲慢與偏見》的晴空與舒服的雨水，到這裡變成憂鬱的霧氣和沁骨的陰冷。它把最美麗的所在，隱藏在巉岩與密雲的背後，沒有耐心與體力，是欣賞不到的——不難理解，當我發現大多數「權威」和我一樣，更喜歡讀《傲慢與偏見》，還找出種種理由來推薦它，大感欣慰。

讀初中時，開始大量閱讀西洋小說。我手頭一本文學史也沒有，所依賴的嚮導，有點可笑，是一本《辭海》的文學分冊。按圖索驥的經歷，至今記憶，其中一個關節，是認真閱讀那些評語。《辭海》中寥寥幾行介紹，要仔細玩味，猜想自己會不會喜歡那本書；每一本書前後的介紹，總要先讀一下，不顧慮先入為主的影響。這樣是很受束縛的，好在漸漸也有些主見。

喜愛與敬佩是兩種情感。有一些書，知道那是好的，但多讀一遍也不能。還有一些書，知道——所謂知道，不只是知道所謂公認的評價，也是自己的判斷——並不十分傑出，但就是喜歡，比如史蒂文生的《金銀島》，怎麼看也不像是華貴之作，但誰會不喜歡它呢？一個人如果在少年時代閱讀過《金銀島》這樣的書，成年後當了文學教授，大概依然不捨得背叛自己的情感，而會想辦法，尋找理論工具，把自己的喜愛解釋為高尚的趣味。

有兩個作家，狄更斯與馬克．吐溫，是我少年時非常喜愛的。這兩位，在文學史上，都不是什麼主峰，更沒有建立自己的山脈，與杜斯妥耶夫斯基這樣的偉大作家相比，他們只能默默地讓路，但他們共同擁有的另一種品質，是討人喜愛。我讀過一些當代美國評論家對馬克．吐溫的「闡釋」，有點發笑，因為私意以為，有些評論家拔高馬克．吐溫，至少有一半的動機是不讓自己為對他的喜愛害羞。《頑童歷險記》的氣象，在馬克．吐溫的作品中，或許是最大的，它的體裁，也是古典的，但誰要說它有史詩的規模，那我壓根兒也不信。《塊肉餘生記》，即使在狄更斯的小說中，地位也非最高，評論家更垂青於《遠大前程》（*Great Expectations*）、《艱難時世》（*Hard Times*）這些更勇敢的作品，但當他們寫完文學史，或走下文學講座之後，在閒筆和閒談中，我們能夠發現，他們最喜愛的，還是《塊肉餘生記》。因為以閱讀為職業的人，同我們一樣，也曾經浸泡在該書回憶的霧氣中，感染於那迷人的、溫和的感傷，那感傷是慈祥的老人才會有的，卻貫穿全書，從大衛少年時代的描述開始。

每個人的氣質不同。我對黃山、灕江這樣的山山水水，毫無興趣，而我的一個朋友，對我著迷的荒漠及他所形容的「胖山」，則痛恨有加。讀書也是如此。但是，在個人的口味之外，是否存在某種恆定的尺度，植根於人類共同的經驗與命運當中？打開一本藝術史或文學史，不管是誰寫的，說來說去，總是那些作品，這是不是一個陰謀，欺哄外人的騙局，或被傳統不斷加強的行業神話？有時，一部書或一個作家，埋沒若干年後，忽然得到重視，是否說明有大批大批的作品，只是因為機緣不好，被成見阻擋，以至不為後人所知？而這又是否意味著所謂權威、所謂公認、所謂經典，不過是偏見的一種集合？動漫或網路文學，是否在藝術價值上絲毫不低於經典作品，而人們屈從於習俗，勢利地不承認它們的傑出？藝術和文學的傳統，是不是變成了一種權力，壓迫著無數閱讀和創作者？

總體說來，我不這樣認為。我承認在文學或藝術的傳統內部，像在社會的其他結構中一樣，勢利總是有的，但接受「經典」這種概念，傾聽他人的評價，重視經驗豐富者的閱讀經驗，甚至在一定程度上承認「權威」的地位，很明顯是更明智的做法，特別是在我們沒有把握的時候。我不認為這是服從權威，我認為這是信任，是對他人的誠實和能力的信任，對社會淘汰莠見功能的信任。這種信任不能帶我們到最遠的地方，但沒有它，我們一步也邁不開。一個人可以不喜歡福樓拜，讀不下去《白鯨記》（*Moby-Dick*），這沒什麼，要表達這意見，慎重的用語是「不合我的口味」，而不是「什麼破玩意兒」之類——事實上，文學史中那些有名的作品，有很多我不喜歡，有一些我認為評價過高，但「破玩意兒」，我還沒有發現。共同的欣賞經驗，儘管屢受強加的影響，仍然是一張濾紙，能通過它的，總不會很差。

信任（但不迷信）傳統，等於相信我們的社會是基本正常的（實際上，是社會的面貌定義著「正常」）。如果文學史上那些作品，我沒幾本喜愛的，而我喜愛的，都被排斥在外，那麼，我有兩個選擇，一是懷疑自己的趣味，二是認為我是驚世的天才，別人都不對。哪一個更像是理智尚存的人的選擇呢？另外，一個人如果閱讀過大量的「重要作品」，而幾無喜愛，在我看來，這毫無可能。通常，我們只敵視自己不瞭解的事物。設想一個從小不曾離開小山村的居民，告訴我們他屋前的池塘，是世界上最美麗的景物——我們毫不懷疑他的誠實，甚至可以讚美（但我不會）他的純樸。可以想像他面對這池塘的精神活動，與我們自己的相對照，但要我們重視他的意見，那是不可能的。他的經驗過於狹隘。

羅素（Russell）曾經私下裡批評維根斯坦「缺點教化」，對於世界的廣闊，沒有充分的願望去摸索。這話不見得公平。對於語言作品，維根斯坦可能只是視點有一點近，但他這樣說過莎士比亞：「人們驚奇地注視著他，幾乎像是在注視一種壯觀的自然現象。他們並沒有與一個偉大的人類相接觸的感覺。毋寧說是在接觸一種現象。」無意中，他給了莎士比亞一個在我看來是最好的解釋。

莎士比亞是個惱人的現象。很多人對他敬畏多於熱愛，他的名聲太響亮了，人們就是感覺不到他的偉大，至多也是默不做聲。說到這裡我就得意了，因為我誠實地認為他確實是偉大的，而偉大的原因，則如維根斯坦所說（儘管他說那話時含有批評之意），莎士比亞的虛構世界是如此的充分，我們可以甩開他引導之手，自行攀登，而他的山嶺，不僅有多個路線，還有多個側面，供我們探索。在這一點上，他的那些傑作，以及由全部作品組成的整體，幾乎有自然之物的實在，要說波普爾（Popper）的世界二[21]，沒有比莎士比亞的作品有更好呈現的了。

想一想《哈姆雷特》（*The Tragedy of Hamlet, Prince of Denmark*）吧，它的每位讀者，一生中當有若干次，想起那糾纏的性格，那性格表達著人類永恆的內心戰爭，在那種場合中，不管我們如何明白「重複顧慮使我們變成懦夫」，「一時孟浪勝過重重深謀遠慮」，不管我們多少次下狠心，像主角一樣賭咒發誓地要「抹掉一切瑣碎愚蠢的記錄，一切書本上的格言，一切陳言套語，一切過去的印象，我們少年的閱歷所留下的痕跡」，「屏除一切的疑慮妄念」，我們又怎能不意識到自己將要做的是「以詭計對付詭計」和「忍情暴戾」？不想到我們行動的漣漪，不懷疑我們的資格，不想起哈姆雷特？

21 編註：哲學家波普爾的「三個世界」理論認為，第二世界是人的意識、感覺，心理，即人類誕生後形成的主觀世界。

喜愛與敬佩是兩種情感。

有一些書，知道那是好的，但多讀一遍也不能。

還有一些書，知道——所謂知道，不只是知道所謂公認的評價，也是自己的判斷——並不十分傑出，但就是喜歡……

最後一本偵探小說

有個朋友，每次來做客，都要翻弄我的書架。我幾次勸他放棄這習慣，然而怎麼說也無濟於事。他一邊翻弄，還要一邊批評我的收藏，差不多一半的書，他都認為，擺在架上是很丟臉的，還有許多，在他看來毫無益處，閱讀它們是對我的餘生的浪費。他自告奮勇地想替我把這些書處理掉，用他的方式，比如說，搬到他的家裡。

我自然拒絕，於是他翻弄得更加起勁，抽出插入，一切都亂七八糟。有一天，他突然停下手，似乎是在盯著什麼。他小心翼翼地從架上取出個東西，轉過身問我：「這是什麼？」

他拿在手裡的，不能叫做一本書。那是一本書的封皮和封底，中間有些散亂的書頁。

「書呀。」我說。

「這是怎麼回事？」他說，「你這麼無聊的人，居然也有點兒好玩的東西。你得告訴我這是怎麼回事。」

「好吧，」我說，「這件事我在心裡憋了很久了。」我把他按到椅子上，給他講下面的故事。

有一年冬天，我被雪困在山頂的小屋裡。

「真的？」朋友驚訝地說。

就當是真的吧，我說，前因後果與我要講的事沒關係，不必多費口舌。總之，那年春節後，我一個人在小房子裡住了三個月，大雪封住了道路，沒有辦法離開，也沒有人前來探望。糧食是充足的，蠟燭是充足的，還有一大包煙絲，所以我沒什麼怨言，安安靜靜地等待著積雪消融，每天早睡早起，用一隻鐵皮爐子烹調。我學會了煮玉米粥，學會了用大木盆捉鳥。我吃掉了許多隻漂亮的鳥。

我讀書。屋子的前主人，留下滿滿一架子書，他的口味很好，至少有一半書，我讀得津津有味，另一半書，如果不是發生了後面的事，我想我也會讀完。我認為每一個人都應有這樣的機會，不得不與書為伴，從煩躁到安靜，仔細體會每一本書的意義。以前我以為最好的機會是住監獄，在小屋中住了不到一個月，我就明白過來，自由人也可以全心全意地讀書。在夜裡，有時我被雪光驚醒，等明白過來，就點燃蠟燭，抓起入睡前讀的那本，繼續閱讀，那是一天中最美好的時光。

我忽略了一件事。小屋在山頂上，山頂生著些灌木，早早地被雪覆蓋了，向下走兩三百步，便進入茂密的針葉林中，那裡有取之不盡的木柴，燃燒旺盛，氣味芬芳。屋外有一個柴堆，從我缺乏經驗的眼中看去，是龐大得使用不完的，然而不到一個月，就被我用掉一半。那又怎麼樣，我想，等柴堆用完了，自可去林中折松枝。

在我住到一個半月的時候，又下了一場大雪。三天後我費力地推開房門，發現已經沒有辦法走到樹林裡去——雪太深了，不到一百步，我的胸部便陷到雪中，不能前行。我開始節省木柴。然而不管如何努力，剛進入三月，最後一支木柴在爐中熄滅了，又過了一個星期，所有的傢俱也燒完了。

這時的氣候已較一個月前溫和許多，即使不生爐子，我穿上棉衣，盡可敵住寒冷。但我得給自己做飯呀。等燒完了一些零零碎碎的可燃物，我的眼光，自然而然地射向那堆（書架被我燒掉了）可愛的書籍。這一次我充分籌畫，把書分成幾個小堆，以便計算用量。

第一小堆，是從我讀完的書中挑選出來的。老實說，這不是一件容易的事，一本書，如同一個人，彼此陌生時，我看著對方，覺得很不順眼，等熟悉起來，對那些缺點，越來越視而不見，而美好的品德，或者是實際就在那裡，被我發現，或者是我替對方想像出來，使他至少變得可以容忍。又如同我們不重視或不喜歡一個老熟人，一旦離別，忽又有些傷感——有些書，本來我以為可以毫不猶豫地扔到火中的，甚至在閱讀時，就多次起過這種歹意，而一旦舉向我的新柴堆，手便停下來。一本先前覺得廢話連篇的書，匆匆讀過，現在卻想，是不是遺漏了什麼；另一本令我痛恨的讀物，此刻摸著書皮，竟然心生憐惜。忍著寒冷，我翻閱每一本即將焚化的書，直到餓得受不了。可想而知，我的第一個書堆，很小很小，兩天便燒完了。

看著第一本書冒著火焰，書頁捲曲，字跡在火中顫抖，黑色的灰跌落，是件挺不忍心的事。不過我很快就能不動聲色了，很有經驗地把一本書，不管是《獄中書簡》（*Tablet in prison*）還是《唐甫里先生文集》，書脊朝上，豎著投入爐中，沒用幾天，我就從大略地估計出一本書燃燒的時間，進步到想出辦法來延長燃燒時間，好把我的玉米粥煮熟。同樣厚的書，燃燒時間可以是不同的，這是我的新發現，我想這與紙張有關。

說到紙張，漂亮的道林紙，看著又白又滑，燒起來卻蠻不是那麼回事，火焰不穩定，氣味可疑，而且往往需要兩本書才能做出一頓最簡陋的早飯。使用最廣泛的凸版紙，是用草漿做的便宜貨，倒還經燒，而且據我所知，上面浸有美味的三聚氰胺，所以在燃燒時，氣味要比別的紙香甜一些。對銅版紙印的畫冊，我曾給予敬意，用它們來烹調晚飯，結果令人失望；一些來自蘆葦的書籍輕快地燃燒，反而悅目，特別是在晚間。我最喜歡的是字典紙，很經燒，紙灰乾淨，火色溫暖。我最痛恨的是書皮上的覆膜，在爐中會冒出令人恐怖的綠色火苗，還有很大的煙，氣味刺鼻，無法忍受，我只好在投入爐中前把所有的塑膠物一點點撕掉。對精裝書的硬紙封面，我很感興趣，因為它們在火中持續的時間長久，至於書頁，與別的書就沒什麼不同了。我還發現了幾本書，摸上去滑膩，燒起來穩定，我知道那不是塗蠟，卻不能斷定其到底是什麼。我想到唐宋時代的蠟箋，難免好奇燒起來會是什麼樣子，但假如此刻我有些個古畫，《五牛圖》、《三馬圖》之類，是否捨得扔到爐子裡，大是問題，我想怎麼也得等到最後吧。

從第二個書堆起，我開始使用分類。第一批入選的是十幾本有關實用知識的書，都是很好的書，然而翻閱一通之後，發現沒有講述取暖或如何在雪地上打出通道的書，我便把它們燒掉了。接下來我燒掉了一批歷史書，這些書我都讀過，然而直到此時，我才知道自己是如何痛恨它們。然後我挑出作者還活著的所有書籍，全部燒掉，這樣我再也不用嫉妒別人了。我又燒掉了與法律有關的書，因為我正在獨處，沒有人際關係。哲學書是陸陸續續地燒掉的，其中幾種，我留到很晚，因為它們都很深刻，值得一再閱讀，而且留著很有面子。有一天晚上，我突然發現，正在閱讀的一本哲學書很不吉利，特別是考慮到我目前的處境，便爬起來把它和同類都扔到爐子裡，這是十分奢侈的舉動，因為我在此時並不需要做飯。為了減少浪費，我在爐邊烤了一些玉米粒。

嚼著香脆的玉米，借著柏拉圖的智慧閃光，我愉快地閱讀一本詩集，過了很溫暖的一個晚上。

三月下旬陽光燦爛，積雪蒸發得很快，四月的第一天，我竟然能夠走到樹林那裡了。我取了許多松枝回來，把爐子塞滿，爐蓋敞開，讓火焰痛痛快快地升騰，差點把屋頂燒穿。可惜的是，所有的書都被我燒掉了，除了一本，《追憶似水年華》（*Remembrance of Things Past*）第一卷。這書我在家中也有一套，卻沒有讀。這一次，我和自己打了個賭，一定要把它讀完。我不想輸，便使勁地讀它，後來我想，讀完一卷就是成功，剩餘的幾卷，可以回到家中後再讀，於是就把它的幾個兄弟，拿去烤蘿蔔了。

在只有這一本書的幾天裡，我暫時放棄了讀書的習慣，因為外面景色美麗，氣候溫和，正是散步的好時光。清明節那一天，我極其偶然地又發現了一本書，不知什麼時候掉在那裡，躲過了火厄。這是一本薄薄的偵探小說，書名我想還是不要提了，裡邊的故事，總之是與謀殺有關，也不必介紹。重要的是，這本書我沒有讀過。

有了這本書，我便把《追憶似水年華》扔到爐子裡了，看著升起火苗，我慢慢地想，這是有點奇怪的事，因為我有許多松枝，沒有必要再把書扔到爐子裡。好吧，我對自己說，這是我燒掉的最後一本書，我可不要帶著這習慣下山。

燒掉最後一卷《追憶似水年華》，是令我後悔的事，因為這天晚上，我把那偵探小說讀到高興時，伸手去捲煙，結果發現，我的捲煙紙已經用完了，一張也沒有了。

於是我只好——是的，只好——從偵探小說上撕紙。這本書，正如現在的許多書籍，天頭地腳都十分狹窄，我又懶得費事，就整頁地撕紙，裁成紙條，捲我的煙絲。等撕到正文時，不免猶豫，因為偵探小說，總會埋些伏筆，我又喜歡邊讀邊琢磨，經常要回訪前面的內容。便揀我認為不太像埋著什麼東西的地方撕去。我抽煙很多，特別是停下來琢磨案情的時候，這樣下來，一天要撕掉好幾頁。這本書只有兩百頁厚，我可以用一個來小時便把它讀完，但我只有這一本書了，強忍著，每天唯讀十幾頁。

讀到還剩三四十頁時，我認為我已經把案子破掉了。死者手背的傷口形狀，應該來自鞋底的特殊花紋，是兇手踩出來的，而前面什麼地方曾經提到有個人的新鞋，找到那個人，便找到了兇手。那個人是誰來著？我往前翻，發現我已經把那幾頁撕掉了，捲煙了，抽掉了。我差點發瘋，要知道，誰破了這個案子，有一大筆獎金呢。我越想越生氣，使勁抽煙，又撕掉了許多書頁。

我壓住痛悔，耐心地把偵探小說讀完了。兇手不是按照我的推斷發現的，而有另外的線索。

「這根本就是個愚蠢的故事呀。」我大聲說。我下了山，積雪消融，道路露出已經兩天了。

不管怎麼想，這本被我撕得只剩幾十頁的偵探小說，我還是把它帶下了山，帶到家中，放進書架，算是一種紀念。

聽完故事，我的朋友想了一會兒，說：「我不知道蘿蔔還可以烤著吃。真的嗎？」

「真的。美味極了。」

我客客氣氣把朋友送到門口，回屋後把偵探小說放回書架，一個顯眼的地方。我沒有告訴我的朋友，這個故事根本就是我瞎編的，我從來沒被困在什麼小屋中，我從來沒燒過書，我從來沒烤過蘿蔔。

……找到那個人，便找到了兇手。那個人是誰來著？

我往前翻，發現我已經把那幾頁撕掉了，捲煙了，抽掉了。

我差點發瘋，要知道，誰破了這個案子，有一大筆獎金呢。

閱讀的邊疆

閱讀，如同我們的其他行為，往往是說不清道不明的。叔本華（Schopenhauer）曾經說，架子上的古書，雖在當年打動過人心，現已成了化石，只有考古學家才會對它們發生興趣。不過，在另一處他又說，沒有比閱讀古人寫的好書更能帶來享受的了——我們自己，如果記錄下不同時刻的閱讀感受，回頭一看，也當是這樣一些各有來源的片斷，且不免於自相矛盾。我們今天這麼想，明天又那麼看，而這並不只是因為頭腦不夠清楚。須知對閱讀這類事情的見解，只有一小部分出自符合邏輯的思考，更多的只是把即時的感受用概念裝扮一下。

為了解釋閱讀行為，人們向外、向內心都進行了許多探索。一個最簡單的問題，是我們到底最喜歡什麼書，哪一本或哪一類。這個問題，確實不易回答。我們的精神世界，如果像窗外的小園子，那就好了。我們可以在陽光明亮的午後推開窗子，看清花園的規模、邊界，看清每一株植物和我們留下的每一塊腳印。那些腳印不僅意味著我們在什麼所在流連得最久，也因其方向，暗示我們的眼睛經常投向哪裡，因其深淺，暗示我們佇立時間的長短——可惜我們的精神世界從來沒有這樣清晰地呈現在我們面前，反而更像是夢中的景物，飄飄蕩蕩，越想看清，越是不易捉摸。

有個不雅的實驗，是這樣的：先擺好幾十種書，然後，在如廁之前，從裡面選擇一本。很多人有過類似的經驗，儘管不是有意的實驗，我也不例外。在記憶中，不止一次，從書架挑了又挑，選了又選，恭如敬如，彷彿要去的不是下等的溷藩，倒是天子的考場，直到慌張起來，胡亂就近抓起一本。世上有這種沒譜的俗人，也就有沉著冷靜、事事有所準備的高士。我聽說，有些人的西閣，便擺有精選的讀物，甚至還有筆墨，以備記錄靈感。若說這實驗，有點像抓周，可惜讀書人不是孩子。有一種說法是事到情急，我們的反應最是來自內心，可我有點不信，因為我們是會自己騙自己的。

不管怎麼告誡要對自己誠實，一旦知道是實驗，一定或多或少地做張做勢；至於日常無意時所取，則我相信，那結果是隨機的。

還有一種考驗，是旅中讀物。有道是十里無輕載，小小行囊，還要裝入書冊，已見不凡，精挑細選，更顯精神。在線裝時代，一隻書篋裝不下幾種書，再沒有書僮老僕的服侍，一個窮書生扛著書出門，著實不易。舊筆記或小說裡，常有書生身著薄衫坐在凍得死人的船頭，借著月華波光，吟哦妙辭，除非鄰船有一位愛惜斯文的老夫人帶著小姐，不然如此辛苦，實堪驚佩。今天的書籍易於攜帶，所以我們見到，在包裡放上一兩本書的，並不僅限於單身的職業讀書人。旅行又是如此不同，有幾天的、幾個月的、幾年的（比如去火星），有乘火車的、馬車的、飛機的、火箭的（比如去火星），有去訪勝的、去成親的，去去就回的、有去無回的（比如去火星）。據說，在不同的場景，攜帶的各種書籍（以及在途中購買的），能見出一個人的趣味。

我不是很同意這種意見。我們都見過火車上的讀者，那讀物是五花八門，有時讓我們讚歎，有時讓我們從鼻中哼地一聲噴出高明之氣；我們也見過或聽說過更加難得的讀書人，在景色如畫的草原，在廢墟的斷石上，在落日將紫劑注入江水的灘頭，甚至在野生動物的注視下，捧著一本書在看，不論在這時，還是在別種時刻，去猜斷對方的心思，很難不得出狹隘的觀點。人的行為是如此豐富，不管我們是多麼地自以為心胸廣闊，在將我們所見到的派入推論之前，還是應有所自制。如果我們沒有忘記自己的讀物種類之多，便不會以為人家在旅中讀一本書，就一定是精心的選擇；有時我們見到一本我們認為不怎麼高明的書給捧在手裡，便鄙視那讀書的人，而忘了在我們的想像之外，還有幾十種原因使人書在特定的場合結合，而其中大半是值得敬重的。

人的性格是如此的豐富，在同樣的場景下心情可以是如此的不同，貌似同樣的行為後面可以有無數種互異的心理，使觀察與欣賞，幾乎總是高明於猜斷與批評。我這麼說，不知是不是準備給自己辯護，因為我在旅行中，讀書是相當隨意的，其實更多的時候，是不讀書。若是需要打發時間，胡亂買一兩種消遣的書，塞住眼睛。印象最深的一次經歷，倒是年輕時乘火車從揚州返鄉，腰裡還剩十元錢，便用五元買了一套《射雕英雄傳》。那是我第一次讀金庸的小說，一路愉快，剩下的五元，車過蚌埠，從窗外買了一隻熟雞，不知為何，只有一條腿，吃著便不似看書那麼津津有味。《射雖英雄傳》不算什麼高妙的讀物，而若從此推論，我的趣味便在它左近，我是不會服氣的。

因為同樣的道理，我認為，一個人的熱情，未必有、而且幾乎總是沒有單一、恆定的方向。某位物理學家，一生熱愛物理，但他又說，有一天翻出本舊日讀過的詩集，才念了兩三首，心裡就狂跳不已。選出自己最珍視的一本書，確實難為人，但十本、一百本呢，照我看來，也沒有使這問題變得容易一些。精神世界很少——如果不是從不——像一個深洞，通向內心的某種神祕而熾熱的熔岩，而是一片向各個方向伸展的原野，它的疆界甚至不在我們以為的地方，不在我們用足跡和手植的圍籬標誌的所在。我們的目力和幻想，總要超越我們的行動，儘管是在自己的精神世界上，我們也不是國王，我們是士兵。

我喜歡將旅行、觀察或摸索世界與讀書做些類比。是的，閱讀如同旅行，一本書如同一條河流或一座山丘，有時是新鮮的，有時也讓感官無精打采。閱讀同樣辛苦，時常勞累終日，幾無所獲，而在一本書上的失敗，只會刺激讀書人對下一本書的渴望。

一個真正的行者，不會滿足於從別人那裡聽到的介紹，而要將自己的眼光，投到各種事物上，也不會滿足於「我來了，我見到了」，他會把新的景物，搬回他的個人世界，如果不能成功，便期待下一次的遠足會有豐富的結果。他就這樣一邊拓展自己的世界，一邊追逐人類整體的步伐，甚至企望率先進入未知的領域。

詢問一個經常旅行的人，什麼是他最喜歡的景物。很多人能夠立刻說出一種或幾種。有的喜歡小橋流水，有的喜歡大漠孤煙，有的到邁不開步的密林裡盤桓，有人見到蛇虺出沒的可疑水體偏要往裡邊跳，有人投向零下四十度的低溫，有人搭起帳篷，一住一兩個月，只為等待某種光線的一閃，或某種動物的一躍，有人一動不動地張望天空，有人鑽進黑暗的洞穴，還有如我，只是喜歡四處亂竄，很少停下來仔細看一看事物。

我們似乎知道自己喜歡什麼，書或事物，我們又不知道還有多少機會，去喜歡上另一些事物。胡適在二十世紀三十年代以「為什麼讀書」為題作過演講。他講了三種理由，其中的第二種有趣，叫做「為讀書而讀書，讀了書便可以多讀書」，多讀書，積累知識，才能讀懂本來不懂的書——他沒有把意思講全，我試著往下說一說。

王夫之說過這麼一句話：「粵人詠雪，但言白冷而已。」一個沒有經歷過雪季的詩人，從別人那裡聽說過雪的性質，見到雪的圖畫，知道它是「白冷」的，算作一種知識。而這樣的知識，與實際的體驗區別在於，他無法從中知道，雪有沒有可能、以及在什麼程度上激出他的情緒和想像，他不知道實際的雪，與各種細節聯合著，會與他既往的其他經驗發生何種反應，會改變他的什麼。

當我們說「我最喜歡小橋流水」之類，第一，我們經歷過小橋流水，第二，這是在將已知的事物進行比較——如果我們沒有見過雪，便無從斷定，一旦訪問過更靠近地球兩端的地區，小橋流水還會不會是自己最喜歡的景物，可能是，也可能不是。每一個行者，旅中的每一天，到了止息的時候，無不會想，前面會出現什麼事物；第二天他繼續前行，第二天他繼續好奇，直到最後結束旅行時，他知道，他沒見過的東西，比他以前想像的還要多。

閱讀也是如此。每讀一本書，我們多了一些知識，更多了一些「已知的未知」——我們每將精神世界的邊際向前推進一寸，未知世界的規模便擴大了一尺，這是折磨，也是最令人著迷的地方。人類作為整體，把旅程和邊疆記錄在書裡，沒有人能夠憑一己之力，在所有方向上加入探索的隊伍，但當我們說「我最喜歡什麼書」時，可能意味著，而且最好是意味著，為自己選擇的一些方向，經過的一些路標，一些休息之地，這些路標被越過時，最值得回味，再次出發時，休息才有了意義。

我自己最喜歡的景物，是些個視野開闊、空無人煙的地方，而我這麼說時，心裡想的是，有太多的地方，我沒有去過，也沒有機會去了，而此時所謂「最喜歡的地方」，其實是最容易讓我想像那些未知之地的所在。這種想像似乎是令人心痛的，不過有野心的讀者，也是謙恭的讀者，我們把信心放在同類上，為加入旅隊而自豪，便是懶人如我，坐臥多而踐行少，看著別人在各個方向上僕僕奔走，心裡也是高興的。

說到這裡，我似乎可以不用為說不出自己最喜歡什麼書而煩惱了。閱讀是一種方式（當然還有許多其他的方式），來加入人類的旅隊，這樣的旅隊有許多支，所以不管喜歡什麼書，能加入其中的一小支，已屬幸運。打開一本書，特別是一本好書，便可想到，許多人與我們一樣，在此刻，在從前及今後，凝望同一書頁，心中借此升起的，既各自不同，又彼此相通。每一本書都好像一小塊磁石，使沙中的鐵屑，在某一刻轉朝同一方向，此時喜歡也罷，不那麼喜歡也罷，人人有所得，無人有所失。

記性與書

這一期專欄本來想寫別的題目。前天我在書架上找一本相關的書，找不到。閉上眼睛，能看到那本書在架上的模樣，我固然好些年沒再翻它，可眼睛掃過那書脊，不知有多少次；一睜開眼睛，它又不在那裡了，取而代之的是另一本大模大樣的書，裝得很像，可騙不過我。這些年裡我閱讀很少，它所屬的那個類別，更是鮮有重溫，所以想不出有什麼原因，要把它搬家。再說它的四周，確是原貌，同一類的書，仍擠在一起，對主人的臨顧裝出滿不在乎的神氣，對少了一位好親眷，則一無戚容，彷彿家族裡就從來沒有那一成員。我想了又想，把眼睛揉了又揉，有點不自信了，因為我記性不好，自己是再清楚不過了，便不再固執，把整個書架，幾隻書架，都尋了一遍，毫無結果。

一個正常的人，到此處也就罷手了。可我拗性發作，就像中了邪似的，似乎不找到這本書（雖然它對我那篇擬想中的文章也不怎麼要緊），世界就要瓦解了。況且我還有自知之明的另一件事，是我粗心，也許方才尋找的時候，眼光有所遺漏；再說越是熟悉的事物，越容易被我們忽略，有幾個人能說出自己頭頂上的天花板，有幾處顏色不均勻之處呢，那可是我們每天呆望得最多的所在。還有，我們越是注意，越是容易疲勞，動物園裡的大象，一眼就能看到，但若讓我們去動物園找大象，興許視而不見，甚至被大象踩到了，還明白不過來。懷著這些理論，我又找了一遍，然後就生起氣來。

這不是第一次。這類事不限於書。多數時候，要找的東西，在若干天或幾年後，浪子回家一般，在什麼奇奇怪怪的地方現身了，至於為何會有這種事，我費勁想過，想不出來，也就認輸。還有一些書或什物，彷彿是躲避我的追捕，逃掉了，遠走高飛了，永遠消失了，祝它們在別的地方安好吧。也有一兩次尋找之後，過了一段時間，偶然發現我其實根本不曾擁有那東西，想過，但最後畢竟沒有買或偷或搶，總之是在找一件不存在的東西。原因大概也和記性有關，記性差使現實感的強度減弱，和幻想便混淆了。正在我打算相信我從來沒買過那本書，甚至就從來沒看過那本書的時候，晚上，我在手邊的一個地方發現了它，可懊惱竟甚於快樂。第一是經過那番折騰，本來想好的文章，忘了一大半，而且興趣全失了；第二是我想不起曾把那書放在此處，便以為是別的力量在搗鬼，恨恨了好一會兒。

記性差造成的大破壞，還在別處。去年我在舊書店見到一本書，好生奇怪，這本傑作出版了這許多年，怎麼會錯過呢。趕緊買下，回家放在手邊，連看了七八頁。兩三個月後，在書架上見到一物，覺得面熟，想了一會兒，取下與幾月前買的那本書一比對，連版本都是一樣的。更可恨的是，這書我不僅在二十年前讀過，還讀得十分仔細，因為那舊的一本中有許多我用筆做出的圈圈點點，有的頁上還寫著字，想是當時的聯想，而我是極少在讀書時動筆的，如非格外觸動，不當至此。就這麼一本書，竟然忘得乾乾淨淨，現在看著當年匆忙寫下的一些聯想，完全不知所云，像是陌生人的胡言亂語。這還不算完，去年底訪問一位朋友的家，在架上見到這本，隨口說：「這書你也有呀。」朋友說：「是你塞給我的。有幾年了。你說你買重了。」

這真是可悲。如果是專門方面的學者，本領域中的書讀過之後，還會在別的著作中見到討論、引用，自己還要幾次三番地查考、回憶，加上日常的思慮及與同行的談論，這些不斷的重溫，使自己的知識系統輕易不會被記性變壞拖倒。但我這樣的普通讀者，走南闖北，東張西望，縱有幾個自己喜歡而略熟悉的領域，畢竟更像優遊之所而非家園，無法與真正的學者相比，一旦記憶大壞，未免四顧茫然了。

此事之所以也要緊，除了閱讀乃人生經歷的一部分，還在於（部分地）通過閱讀，我們一點點設計自己的精神建築，為使草圖完美，難免要經常回顧早先的設想，理解眼前的亂線到底曾是什麼。雖然說得魚忘筌、過河拆橋都是優美的古訓，但咱們做的畢竟不是一錘子買賣。想想閱讀某一本書（不是所有的書都如此）時，有已經理解和欣賞的地方，也有不打算理解或欣賞之處，而總有一些內容，我們對之一時難於領會而又預感到或有深意在焉，便滿懷信心地留待日後慢慢品味。至少我有匆忙的壞習慣，每每雖或把書讀完，其實只嘗到一半，自己也知道的，只是性子浮動，不能自制，所以放在書架上如同把食物放到冰箱裡，以為那是保險庫，可以隨時取出享用，不料或澈底忘懷，或想起時也不復新鮮。

一直後悔，還要繼續後悔下去的一件事，是沒有記日記的習慣。不久前拜訪一位老者，他這一生經歷十分豐富，我從別人那裡聽到他的故事，便有相當數量；他也願意向我講故事，只是張開嘴，半晌說不出一個字來——那些舊事，他知道在那裡的，只是捉不住，那份悲哀，似猶甚於全然忘卻。那些經歷如同魅影，飄浮在記憶的背後，等你轉過身去看，只還浮些香氣；又如同海盜曾在各種地方埋下金錢，可每份地圖都丟了，空餘懊惱。前些日子和朋友聊天，說起小時候的一個玩具，我忽然想起與之有關的一堆事情，令我吃驚，因為那些事早已塵封，如果沒人提及，我絕無可能重新記起，而且根本不知道自己有那些記憶。如果有日記，哪怕如流水帳，當能連帶地觸發一些東西，不至於這樣的白茫茫了。

那麼，書架可有日記的功能？架上的書，能否幫咱們挽回些記憶的損失？是的。不過時過境遷，不要抱很大的指望。通常是，翻開十幾年前讀過的書，只有一小半算是重訪，當年的閱讀過程，是無法恢復的，興趣與問題或遊移開了，眼睛倦怠了，同樣的內容，不會刺激出同樣的反應。一個驗證，是如果您有偶爾把書頁折角以為標誌的習慣，去找找多年未讀的書中的折角，看有幾次能記起當初為什麼留這標誌，那時在想什麼，相信什麼是需要重讀的？當然這類遺忘也是前進，人總不能在每一個地方留連。令我遺憾的只是忘記得有點多，有點快，有點無情。畢竟記憶成就了我們自己，所謂豐富的精神，有九成指的是豐富的精神經歷，只有一成指的是此刻的內心活動，而那又是植基在經驗之上；所謂的自我意識，也是對經驗之連續的感知，健忘固然不會動搖此刻的自我意識，卻能令它有點像老人鬆垂的皮膚，規模猶在，內部則漸趨空洞。

足堪安慰的是，一件事對我們的影響，並不完全有賴於我們對之是否知曉、理解和記得。我們記得過去的重要事情，一些我們認為有意義或有趣的事情，至於每天生活中的細故屑事，誰也記不得幾件，但正是那些填充起我們，不僅在當時，也在整個的生活進程中。想想文學、歷史或傳記甚至私人日記、戲劇和電影，所有這些對人事的記錄和想像，各種方式的重新組織，都有一個特性，那便是相當程度的戲劇化，略去難以馴服的無法賦予意義的細故。作家展示其想像力和理解力的同時，又無意中誘使讀者和觀眾的想像和理解偏離日常生活或人類原始進程的真實面貌。對整個文學家族來說，這都不算是缺陷，現代文學也有流派想把注意力調向意義不明的生活細節，可至少我不願意去讀，因為那太無趣了。我們讀者或觀眾自能運用日常經驗去糾正偏差，或主動或被動，其效果則因人而異。說到這裡，似又覺得細節的損失並無大礙，不過礙也罷不礙也罷，我們沒得選擇，那不是我們人力所及。我們處理不了太多的東西，這不僅是記憶力或注意力的問題，更是理解力的問題，我們不理解大多數零碎的細節。從這方面說，所有的細節並未流失，它們仍臥在我們看不見的地方，在以前參與決定我們是什麼人，在以後仍繼續參與決定我們是什麼人。

對現代讀者來說，他閱讀過的文字中，書只占不大的一部分，還有報紙、廣告、說明書、招貼、標籤……不用繼續列舉，連襯衫上還印著字呢，有的蘋果上還有字呢。可我們談閱讀，基本上是在談讀書，似乎不太承認其他閱讀的位置。我也真想不承認那些閱讀對我的影響，但又覺得這不夠誠實。當然，我們確實不知道那些閱讀的影響，不知道讀書在廣泛的閱讀中是主流，還是礁石。我們肯定會說，我們讀書時是認真的，讀別的玩意兒，就未必了，但那又怎麼樣？由此建立自信，似又缺乏支持，而若不承認讀書的特殊地位，又在犯連續體謬誤。幸好日常生活教會我們不必多跟自己抬槓，如果一件東西在背景中過得很舒服，似無必要拿大燈去照它。忘了就忘了吧，我們不是連讀過的書，也忘了許多嗎？何況就算是多記得一些，也未必能增加很多對自己的瞭解，因為我們是這樣一種整體，性質不能由每一局部的每一種可辨識的性質以及這些性質已知的作用方式精確推出——這有點像懶人哲學了。

人是善於自寬自解的。不管碰到什麼事，如此那般一想，心裡就舒服多了。沒有這種能力，從貪婪到偷懶的進化，還真不容易完成呢。曾幾何時，你我初接觸一門知識時，恨不能竭澤而漁，把相關的知識一網打盡，沒用多久，無復此想。閱讀如此，旅行也是如此，每個人都該記住自己爬山只到半截便往回返的第一次，那多半是個標誌呢；下一次，您就可能只爬三分之一，便對同伴說：「似乎要下雨」，或諸如此類的託辭。再下一次，您或許事先就穿好薄底的便鞋，攜上食物和器具，一步不肯爬山，卻在山腳下席地劇飲，——不用慚愧，我也在山腳下坐著呢。

書架

這一篇的題目，是臨時更換的。原打算寫一寫閱讀奧古斯丁《懺悔錄》的經歷，可前天，我在書架上找這本書，說什麼也找不到。昨天下午，我獨自在家，把全部的時間和憤怒拋在書架上。《懺悔錄》還是未找到，起了別的心思，便有了這個題目。

我不知道列位的書架是怎麼樣的，只希望不要像我的書架，那完完全全是意志的重挫，性格的慘敗，每層都是對智力的嘲笑，每列無非熵的見證，而且是稀裡嘩啦的嘲笑，歪歪扭扭的見證。

上帝作證，起初它可不是這個模樣。起初，它就像我出門時的模樣，收拾得俐俐落落，頭髮整整齊齊，襯衣掖在褲子裡，鑰匙放在左面的褲兜中，可等回家的時候，襯衣只有一半掖在皮帶下面，另一半露在外面，披頭散髮，鞋帶拖在地上，鑰匙澈底找不到了——書架就是這樣。

最開始的時候，我把書本分門別類，一冊一冊塞進去，這邊兒是歷史的，那邊兒是文學的，古籍和科學，離得遠遠的，避免了爭吵，哲學與藝術，乾脆就不在一個房間，免得它們一見面就打起來。不僅如此，同一門類中，還有細緻的部勒，與地理相關的，放在底下一層，談論天體的，擱在最高處，一來表示敬重，二來，反正我也很少去取讀。如果一部書有四卷，一定緊緊挨在一起，不致兄弟睽隔，而且從左向右，一二三四，長幼有序；如果書的開本很大，一定與同樣身材的書擺在一起，不要讓它鄰著尺寸很小的書，壓迫得後者惱羞成怒。不用說，所有的書，都是書脊衝外的，一目了然。另外，我的書架，除了書幾乎什麼也不放，不像某些人家，擺進些碗碗罐罐；我只放了只雞毛撣子，還有幾件小玩意兒，都是和書有點關係的。這類雅物，我本無幾件，所以不占什麼地方。

然後……我不知道然後發生了什麼，我只知道書架現在——其實已有很長一段時間了，差不多就是從購買書架的一個星期之後——的狀態，除了混沌，我想不出別的字眼，還能夠形容。一本講哲學的書，雜在棋書中間，尚可理解，因為我每次讀哲學書，中間總要玩點什麼，來減少痛苦；但這本詩歌，擠進小說的營地，又為的什麼呀。誰都知道，詩歌與小說，雖說同出一門，根本不能相容，瞧它鬼鬼祟祟的模樣，活像羊群裡的一頭黑羊。多卷本的書，若有兩冊相鄰，便屬奇跡，通常是天各一方，而且——我記得我這麼做過——就算重新把它們召集到一起，用不了多久，這些該隱和亞伯，又各奔東西。那些又厚又重的大開本的書，沒有一本不是傾倒著的，把旁邊的書，壓在下面，我想我在睡夢中聽過它們的呻吟聲。還有許多雜物，諸如煙草盒，墨鏡，小刀，電線，芥末醬，膠水，體溫計，一隻望遠鏡，四個象棋子兒，都進了書架。在惱火地把它們清理出去時，我打翻了一個大杯子，咖啡——估計在裡面至少有一年了——流得到處都是。我的貓看到場面混亂，趁機撲過來，進行了一些破壞，還把雞毛撣子撕碎了。

我要找的《懺悔錄》，是一本紅脊白皮的書。明知它早不在原處，還是忍不住幾次去某個地方尋找。書架的那一角，望去一片斑爛，原先聚在一起的「紅脊白皮」，還有兩三本守著，別的星散流離。我把書架仔細翻了兩回，又去床邊、廁所、陽臺、茶几、廚房，所有那些我通常把書本子亂拋的地方，找了個遍，這時我有點懷疑自己到底有沒有過這本書了。

某一會兒，我清楚記得把書放在什麼地方，記得是在哪一家小書店買的這本書，甚至記得書店老闆那笑嘻嘻的模樣；另一會兒，我又覺得上述這些不過是我的幻想，我壓根就沒買過、借過、撿過或偷過這本書。要知道，我雖然還不到一百歲，記性已很不可靠。在找《懺悔錄》的時候，我就發現了好幾種重複的書，都是忘記自己買過，又重新購入的。我還看見一本譯過來的《燕談錄》——就在兩三周之前，我還向人抱怨赫茲里特（Hazlitt）的 *Table-Talk* 沒有譯本，甚至想自己動手翻譯，而完全不記得這譯本不僅有，而且我還見過，而且買過，而且差一點就把它讀了。

發了這些牢騷，希望讀者不要有兩種誤解，第一不要以為我有許多書，第二不要以為我是書架的敵人。

其實高高低低的書架子，是我最喜歡遊覽的地方之一。我上中學的時候，書店不是開架的，你得在人叢中，在一兩米之外，將手圍成望遠鏡，指望能看清書脊上的小字，然後，哀求店員從架上抽出某一本書來，有一半的機會，這完全不是你想要的書，你得再次哀求他把書放回去，另抽一本，這時他的臉色可想而知。現在想來，那時在書店當店員，該是多麼有趣，因為眼前總有一堆人，個個擠著眼睛，向自己身後張望。

幸運的是，初中學校的圖書室，我可以自由進出，只是圖書很少；和它相比，我多麼憎恨（應該說又愛又恨）市圖書館，在那裡只能見到密密麻麻的書卡，用鐵棍穿著，盛在藥鋪子才使用的小抽屜裡。翻動、抄錄書卡，與在書架前流覽，完全是不同的經驗，從那些小抽屜看不到書的模樣，聞不到氣息，掂不到重量，更談不上翻閱書中的章節。現今我從不在網上買書（除非自己確知那是什麼樣的書），便是同樣的原因。

而且我也不是完全地反對混亂，門類分明是令人愉快的，然而混亂也可以是驚喜的來源。許多年前，我去過些小地方的小書店，那種地方的店員，對分類法不甚了然，所以儘管我對種瓜澆菜一竅不通，在流覽書架時，也不想繞過擺放農業書籍的地方，說不定能在《牛奶的四種擠法》旁邊，看到姚鼐的《惜抱軒》呢。現在我很少去書店了，一個不那麼重要的原因，是光線明亮，書籍簇新，而我喜歡的，是書架叢中僻靜的角落，喜歡書冊上的積塵，喜歡書頂上一隻孤單的指印，使我有機會想像上一位在此駐足佇思的人，是什麼吸引了他，讓他右手的食指，輕輕按住書頂，又是什麼讓他打消了念頭，拿開手指。

我最懷念的一批書架，屬於我曾經供職過的一家社科院。我經常幾小時幾小時在圖書館裡盤桓，謝謝管理員，他們是我的朋友，不曾有一點不耐煩。一開始，時間耗在找書上，到後來，把書抽來翻去，本身成了一種樂趣。我在那兒翻書的時候，有時走進來別的借書人，找不到某本書，向館員打聽，這時我便插嘴了，得意地告訴他們該書的精確位置。

是啊，我曾把某一門類的所有藏書翻了個遍，為的是心中有數，知道哪些書中有哪些內容，便於以後查找。我也曾像狗熊掰玉米，把一本本挑出來打算借回家讀的書，又一本本放回原處，只是因眼睛被吸引到別的地方。實際上，我在圖書館亂翻書的時間，大概要超過回家讀書的時間，從架上抽出一本書，隨意翻動，看些段落，遠比正兒八經、從頭至尾地讀書輕鬆，用不著強迫自己，用不著在不耐煩的時候對自己說：「反正已經看了四分之三，與其就此拋下，不如把它讀完。」

這種讀書態度，和性格有關，既然拒絕研究專門的知識，我的閱讀，便純屬私人的遊歷，由著性子，自己來決定什麼是好玩的。

我記得上大學時，第一次見到那麼多的藏書，見到無數盛著書卡的小盒子，無法不野心萬丈，又無法不沮喪，一個人面對這麼多知識，無法不渴望全部擁有，又無法不知道那是不可能的，正如世界之大，細節之豐富，遠非我們的能力所能遍及，在保持好奇心的同時，亦當知何行何止。一個圖書館，一排排書架，如同在我們面前展開的一片山谷，有在腳邊散發香味的青草，也有遠方從晨曦中升出的峰巒，在這時，與其追隨別人的蹤跡，不如追隨自己的本性。

圖書館裡的書，後面有借閱的記錄，令每一個讀書人，知道自己不是孤單的，亦如在人跡罕至的小徑，看見掛在枝端的一塊布條，讓你知道人類活動的痕跡，幾乎是無所不在。

有時在借閱記錄中見到熟悉的某個名字，便對那人多了一點瞭解，偶爾還要吃驚：「他也讀這書！」而把自己的狂妄，又收拾起幾分。

我曾在一個下午，將一個人的名字，遇見三四次，而那個人，我知道，是曾經在此工作，而先我之來已經離職的，這時我有點覺得錯過了交友的機會，儘管如果我們相識，完全可能彼此厭惡；我也曾遇見這樣的事，一本書被從原來的地方移開，挪到一個角落，我把它恢復了位置，幾天之後，它又在那角落裡了——有人想借這書，一時額滿，暫把它藏了起來，對這有點自私的舉動，我不但沒有鄙意，反倒大起好感，就像看見一個頑童，狡猾地藏起他的一個玩具，認為那是世上最有價值的東西。

我還曾在書架間迷失，不是找不出圖書室的出口，而是找不到一本書，幾秒鐘前，我剛剛把它抽出來，橫放在架上，這是我的標記，準備借回家看的，然後，這書就在我眼前消失了，這樣的事發生過不只一次，在不同的圖書館裡，而左近無人。我不得不相信這世上有一個看不見的讀書人，每天穿梭在每一個圖書室，他的手指觸下，那書卷也失去了形體，然後在我們看不見的地方，借著看不見的光線，這看不見的讀書人微笑著閱讀著我們寫過、讀過的一切。

圖書館裡的一排排書架，代表著人類精神活動的積累、傳遞。自己的書架，則是另一種意義了。

我前天大翻一通，收穫的並不僅是煩惱。我這點可憐的藏書，這幾隻簡陋的書架，是一種日記。尤其是那些屬於舊日的、多年不曾閱讀的書，那些本已遺忘——不僅忘記了書的內容，而且許多年裡，不曾回想當年之閱讀——的書，救活多少記憶。由一本書，我可以記起同類的若干本書，沒有買在家裡，卻曾付以熱情，曾經沉甸甸地擠在挎包裡，曾在夜晚使我微笑或生氣。一個旅者，偶爾發現二十年前的紀念物，便是這種感覺吧。

順便說一句，前天我並沒有整理書的秩序，也沒有撣去塵土。如果灰塵的厚薄，亦是時間的索引，這時候，誰捨得把灰塵拂去呢。

我不知道列位的書架是怎麼樣的，只希望不要像我的書架，那完完全全是意志的重挫，性格的慘敗，每層都是對智力的嘲笑，每列無非熵的見證，而且是稀裡嘩啦的嘲笑，歪歪扭扭的見證。

書的物理

十天前，在地鐵上，坐在我對面的一個年輕人在看書。這裡說的「書」，指的是那種把字印在紙上，然後裝訂成冊的東西。地鐵上許多人在閱讀，不過在我周圍，只有這個人捧著這笨重的玩意，低著頭，大概有點吃力地掃視那些自身不會發光的字。不一會兒，我就看出，他的注意力已經不在書上了，因為我雖然看不到他的眼睛，卻能看到他的頭部停住了，不再有輕微的擺動，他大概正在出神，或是陷入由書引發的什麼默想，或是漫遊在別的心事中。他的左手，仍緊緊夾持著書本，拇指和小指壓著書頁，小臂曲著把書舉在空中，這是相當累人的姿勢，特別是他手中的書還很厚。

我家附近有個公園，有時我斜穿過它，去我常去的地方。去年秋天的某個下午，我看到一個姑娘，多半是旁邊大學裡的學生，盤腿坐在長椅上看書。她一定是十分困倦了，腦袋一低就要栽下椅來，她用手平衡住自己，書則滾到地上。我從她面前的道路上走過時，她一直在擦那本書，不知沾上了什麼東西。這種經驗我們都有，水果，粥，紅薯中流出的糖漿，會讓書頁沾在一起；小學生遇雨，回家第一件事，總要把潮濕的書一頁頁翻開，像古人那樣晒乾。我們又都有這樣的經驗，從圖書館中借到的書，偶有書頁的局部黏在一起，撕開則擔心損壞，不撕開又實在好奇那些被掩蓋的字是什麼。

我們或許認為，書的意義，在於且只在於它裡面的文字。我不是藏書家，對書的外表一向不怎麼講究，不同的字體、紙張、油墨、裝幀和版本，佳固然佳，不佳也就湊合著看了。然而，我也不得不承認，我們是如此複雜的生物，各種感覺彼此纏繞，沒有一種是純粹的，而所謂的精神，也從不是高高懸浮於身體之上。也是在去年（這個詞在每年的一月份，都是可惡的），意外地見到幾本兒時的讀物，本以為早就丟掉了，卻被別人保存下來。這些書寫著什麼，或記得些零星，或全無記憶，然而這並不重要，令我感慨的，是這些讀物——至少其中兩三種——在另一方面的印象。其中有一本，一看到綠色的封皮，一些回憶就滲出來，我記得它原屬於我的一個同學，有一次到他家玩兒，看到這本書墊起一隻茶缸，我抽出書看了幾眼，又借回家看了。後來歸還了他，他一直放在學校的抽屜中。我翻開書的右下角，沒錯，那一大塊墨水汙還在那裡，只是顏色變淡許多了。我還找到了他的簽名，而我本來是已經忘記了這位同學的名字的。

說這些，是因為這些年裡才出現的一個問題：紙書會消亡嗎？別人問我時，我有時說「不會」，有時說「會」，有時說「不知道」。

我們預測未來的事務時，最好意識到，「未來」在此描述的只是一個線段。我們對未來的所有談論，無論是清明的想像還是胡扯八道，無不基於我們已經擁有的經驗。我們的歷史，我們對自己和世界的全部知識，都是有限的，我們的野心和理解能力，也是有限的，理性僅靠自身的力量，也無從產生真正的事務。有人會認為想像力是無限的，然而這裡的「無限」只是一個修辭，正如在人類事務中「永恆」只是個修辭，——多想幾秒鐘就能明白，想像力也是有限的。還有的人，把想像力視同一種光線，可以讓有限長度的物體，有無限長度的影子，然而想一想這光線的源頭，或許就不那麼樂觀了——總之，我們無法預測在預測時無法理解的事物，我們沒有那種能力，我們不能想像與我們的文明完全兩樣的文明的面貌，儘管那是有可能的。

我們人類，會不會發展出一種與今天的文明迴然不同的文明來呢？也許行，也許不，誰知道呢？那種可能性總是不能排除的。然而，談論「迴然不同」的文明，一種不同到我們今天認為永恆的價值，在其中會一錢不值的文明，一種不同到連莎士比亞的名字也沒人記得、荷馬的詩篇無人傳誦的文明，不同到甚至不以前一種文明的結束為其起點的新文明，談論它有什麼意義呢？不止如此，便是我們今天的文明，只是漸漸地發展，只要經過足夠長的時間，今天對我們來說耀眼的，遲早失掉光彩，我們今天重視的事物，沒有什麼可以保證熬過時間的磨損，我們沒有什麼辦法讓足夠遙遠的後人紀念我們。

所以，我們談論未來的事，只是在談論幾十年、幾百年至多千年中事，談論今天事務的一種「合情合理的延續」，還得儘量不去想像可能會有什麼意外的事中斷、改變這種延續。在這個意義上，前面的問題，或許可以這麼問：在有限的一段時間內，如果人類事務的面貌沒有意外的變化，紙書會消亡嗎？

我想，仍然是也許會，也許不會。

我有時喜歡來點私密的惡作劇，所以，如果問我這問題的是個手不離機、眼中反射著二極體的光彩的年輕人，我就惡意地說：「才不會呢。」如果對方是個比我還老的人，身懷兩副眼鏡，此時正透過其中的一副充滿希望地看著我，我就惡意地說：「會吧。」

年輕人克制住輕蔑，瞥了一眼我鬢角的白髮，同情地笑問：「為什麼不會呢？」

我說，為什麼會呢？二十世紀——特別是後半期——的一大妄想，是高估自己的創造力。某幾個領域中的飛躍，讓其他領域中的人也著實樂觀，好像與財主為鄰，自己也憑空暴富了。現在的情況是，過多的人把賭注壓在技術領域，然而一匹馬身上的重注，並不能使它跑得夠快。電腦與各種電子技術，最廣泛地改變著人類生活，但要說這種改變有多深刻，現在判斷還嫌過早，畢竟，這些技術進入日常生活，至多是幾十年的事，論斷它將如何轉化我們的文明形態，需要很多的假定。單以書論，紙書的使用將要減少，是一定的，但要預測它的消亡，或者是不顧忌諱地深入更加幽暗的未來，或是忽略掉很多參數，且假定著我們知道所有的參數，或許就不那麼勇於斷言紙書的命運了。想一想還有多少不便的東西，在眾多方便的替代品圍攻下，一直流傳了幾千年，至今看不到消失的跡象，畢竟，方便、效率等等，只是我們選擇事物的一些方面，不管它們是多麼主要，總有另一些方面，有的我們知道，有的我們不清楚，參加著我們的決定。

老先生克制住憤怒，瞥了一眼我搭在皮帶外面的襯衫，慈祥地笑問：「為什麼會呢？」

我說，為什麼不會呢，紙書區別於電子書的，在於它的物理特徵，比如我們拿起一本「真正的書」，可以嘩嘩地翻弄書頁，一個有經驗的讀書人，在書店中如此翻書，不用半分鐘，就基本上能判斷出這本書是不是他想要閱讀的，更不用說，伴隨這種活動的豐富的身體感覺，是我們不捨得放棄的。如果電子書只是目前的樣子，實難相信它會取代傳統的圖書，然而，前者會如何改進，我們既是不清楚的，又是可以指望的。一本紙書能夠帶來的感受，可以被模仿，可以被其他新奇的感受代替；何況人類歷史中不乏先例的，是許多人們曾經珍貴無比的愉快，或是被代替了，或竟放棄了，我們不容易有充分的信心，認為把一疊裝訂起來的紙張捧在手裡的快樂，不可取代。再者，當我們說一種古老的事物消亡，未必是指它從人類生活中從此絕跡，不見蹤影，被澈底遺忘；一件事情，一旦收縮至極小的活動領域，比如只存在於收藏家和由愛好者組成的俱樂部那裡，就可以認為它已經消亡。如果不糾纏於字面，而持更加務實的態度，紙書的消亡，也不是不可想像吧。

我的真實想法是，紙書的消亡與否，其本身並不十分要緊，要緊的，是人們在此前前後後做了什麼。傳統的事物，可以通過兩種方式改變或消失，一種是被毀壞了，一種是被更好的事物代替了。如果其他的閱讀方式足夠美好，紙書的退縮甚至消亡就是必然的，對此我沒什麼不能接受的（準確地說，是想像這樣的前景並不痛苦），而如果很長時間內書店仍然存在，紙書仍給大家捧在手心裡，我也絕不會認為紙書的愛好者在幹著有礙進步的事。

我年輕時有各種躁進的想法，看到一個人鼓搗些舊玩意兒，比如鼻煙壺，就嗤之以鼻。現在不怎麼做如此想了，也許是馬齒漸增，也許是——我更希望這是真正的原因——明白了一種道理：價值觀上的保守，雖不能說是每個人的職責，但可說是每一代人的職責。每一代人，既有探尋未知、除舊布新的使命，又有看守人的責任，把前一代人交給我們的，其中的一大部分，薪火相傳。

捍衛自己喜愛的事物，是應有之義，如果我們認為那事物是不好的，應該取消的，也只好就事論事，從其他的方面來說道理，比如此物有礙天理人倫等，而不能認為作為基本行為的捍衛舊物本身要不得。事實上，舊事物的鼓吹者，不管多麼令人討厭，卻行使著我們社會不可或缺的功能。一件舊物可以消亡，維護舊傳統的傳統則千萬不能消亡，沒有它，社會的進步，就不再是「自然」的了。如果新的思想和行為不再是從舊土中長出，人類社會就像一個物種單調的森林，要經受前所未有的風險了，比如自我糾正的能力減弱、在更大幅度上容易受操縱、難以拒絕危險的決定等等。

作為一個以作者自居的人，我有十好幾年沒用過筆了，除了在單據上簽名之類。筆尖劃過紙張的感覺，我已經快忘記了，更不用說墨水，會滴下一大滴墨水的筆，染藍衣服的筆……種種細節，雖不能說一點不懷念，但對現狀，並無不滿。讓我放棄鍵盤，拿起筆來，我是不願意的；然而，令我能心安地使用鍵盤，是因為有一些人，還在用筆，鋼筆或毛筆，而且不限於中小學生。在商店裡走過賣筆的櫃檯，不知誰還是顧客，但既然在賣，可見還有人用筆。如無那些用筆的陌生，我用著鍵盤，心裡是會有點慌張的。

電腦與各種電子技術，最廣泛地改變著人類生活，但要說這種改變有多深刻，現在判斷還嫌過早，畢竟，這些技術進入日常生活，至多是幾十年的事，論斷它將如何轉化我們的文明形態，需要很多的假定。

書是什麼？

語詞汙染令人踟躕。比如「主觀」與「客觀」這一對詞，表達著哲學史中極為古老且重大的問題，可是呢，我就是不喜歡。不喜歡的原因，說起來，是在小時候接觸到的紅色通俗哲學中，它們同許多別的詞一起，給濫用、誤用、利用，到了無以復加的程度。連八九歲的小學生寫總結，都會說「發揮主觀能動性」，結果就是，等長大後，對這短語中的每一個詞，都有厭惡之意。只好儘量回避使用，或者找替代物，不好找，但也不是完全找不到。

比如說，在某個特定的意義上，主觀與客觀之別，可以看成是個人與公共之別，主觀的就是私人的，客觀的就是大家共用的，是建造個人世界的材料。每人都擁有自己的一個小小世界，他只生活在這個世界中（同時對他人來說，他是客觀的，或公共的），在他那裡，死亡與世界的毀滅是同一的，然而他的世界之消失，又何嘗有損於公共世界的一石一木？對每人來說，世界的核心是自我意識，我走在街衢上，兩側房屋耀眼，一個老頭兒在看一個很大的看板，我瞧了他兩眼，繼續往前走，——不論在是敘述上還是實際感受中，我的世界與我同時移動，然而在他人眼中，我不過是另一個面有倦色的過客，出現又消失。我們還可以看路上的行人（我知道不少人有這愛好，還有人拿它當詩的主題），有人打著傘，有人停下來看看腳上的鞋，又抬起頭來，還有一個人，手插在口袋裡，肩膀繃直，好像知道有人在看他，便注意自己的姿態，——只用一點兒想像力，我們就能看到一個個世界在面前漂浮，是啊，那不只是一位穿藍色衣服的陌生人，那是一個世界，然而，再傑出的想像力，也無力猜測那是一個什麼樣的世界，除非他開口說話，說很多話，甚至寫書，寫很多書，這樣我們才知道一點兒，或多或少，而不管知道多少，他對我們來說，仍然是客觀的，我們可以知道卻無由感受他的世界。

說到這裡，可能不少讀者同我一起想到了波普爾（Karl Popper）的「世界三」。（編者注：波普爾將世界劃分為三個基本層次：物理世界為世界一，精神世界為世界二，知識世界為世界三。）波普爾提出，人類工作的產物，比如書，音樂，房屋，工具，還有已知或潛藏的問題和理論等，有某種實在性，值得與通常說的物理世界及精神世界區分開，而為一獨立的「世界」。比如說，地球繞太陽轉，是一種物理事實，不論我們發現與否；某天有個瘋子忽然想，地球不會是圍著太陽轉吧，這想法屬於精神世界；但自哥白尼（Copernicus）以來，這一理論，以及附屬的一套證明，就存在於世界三之中了。

作為哲學的外行，我不是很明白這一理論的意義，它是挑釁的，用意不明，好像也不大有解釋力。波普爾說，蜂巢在被遺棄後仍然是蜂巢，素數即使沒被發現也仍然在那兒，這散發著柏拉圖的可疑氣味，還有，他堅持世界三之獨特地位的理由之一是它的自主性，在很大程度上自在地存在，對我們的影響要大於我們對它的影響，我想他這麼說的，心裡想的是數學，而不是文學以及他熱愛的音樂。

更讓人迷惑的，是波普爾認為進入世界三的知識是客觀知識，是一種獨立於主體的態度和接受能力的認識，或沒有認知主體的知識。這是否暗示著將人類擬為認知的主體呢？我不清楚。他的世界三，至少在範圍上，有點兒像平時人們說的文化，有些成分，又與「傳統」重疊，而當我們提到這些更熟悉的範疇時，認為那是人類共同擁有的，而共同擁有又是什麼意思呢？我們常說希臘史詩是人類共同的財富，此處我們是將人類用為一種整體概念，還是個體的單純集合呢？如果是後者，一個文盲，又是如何行使這高尚的特權呢？當然我們可以假設那「共同財富」輾輾轉轉，間間接接，最終影響到這位文盲，這是容易想像的，理論上可以推導的，但畢竟找不到這種被動接受的實際路線，說起來有點心虛氣短。如果將人類視為歷史的整體，又容易引出各種危險的觀念。

但不管怎麼說，波普爾的世界三是相當迷人的概念，想像一下那個世界，那無主之城，沒有管理員的圖書館，沒有看守的寶庫，人們從世界一，通過世界二，訪問這裡，而無法停留，因為不存在可以停留的生命形式；人們留下名字、影響，而自身，不論是身體還是意識，只好徘徊在外面。

最典型的例子就是一本書。比如蘭姆的《伊利亞隨筆選》（*Essays of Elia*），我手中的這本，有淺綠色與白色相間的封面，由於保存不善而有些扭歪的書脊，它有重量，書頁翻開時有聲音，然而按照世界三的概念，這些只是偶然的，書之為書在於它的內容，在於蘭姆製造的那些東西，不多也不少。

我閱讀《伊利亞隨筆選》時，究竟發生了什麼？我通過一段橋樑，進入了蘭姆的精神世界嗎？似乎是，在他的允許下，讀者來到他的一個房間，那房間是精心裝飾過的，為的是迎接訪客。我們無從得知它平時的樣子，無從得知傢俱和梳子、燭臺之類的什物在上個星期三是否也在同一位置，不過這畢竟是他人的房間，精美的房間。原來房間還可以這樣布置，我們想。

在一篇文章中，蘭姆是這麼開頭的：「看官，假定你也像我一樣，是一個瘦瘦怯怯、靠著養老金過活的人，當你在英格蘭銀行領過了半年的用度，要到花盆客棧，定上往達爾斯頓（Dalston）、夏克威爾（Shakwell）或北郊其它地方的住所去的馬車座位，難道你就沒有注意，從針線街拐向主教門大街的左首，有一幢外表壯觀、神態淒涼的磚石結構的大樓嗎？」（劉炳善譯文。後同。）

從這一小段裡，我們至少可以看到兩個情況。

其一，作家拚命地希望我們感受到他所感受的，或者他所希望我們感受的，他挑選字眼兒，對各種修辭手段掂量，精心布置敘述次序，有時反覆試驗，看怎樣才能在我們的頭腦中激出他指望的反應。有不少人表達過「作家都是孤獨的」或者類似的意思，而這句話沒什麼意義，因為人的精神世界或私人世界是彼此隔離的，每個人都是同等程度地孤獨，不管怎麼努力，也沒有辦法彼此訪問。

其二，人們所能做的，是退而求其次，將自己的精神世界投射到另一個公共地盤上，在那裡別人可以推論你的想法，模擬你的感受。如果你善於表達或表現，你可能在很大的程度上影響很多的人，如果那是你想要做的。

在題為《讀書漫談》的隨筆中，蘭姆說，他把相當一大部分時間用來讀書了：「我的生活，可以說是在與別人思想的神交中度過的。我情願讓自己淹沒在別人的思想之中。」——波普爾會形容這種性情為「希望活在世界三中」嗎？可惜便如蘭姆，世界三也只意味著訪問和幻想，不管波普爾如何論證，多數人實難承認那是實在的，甚至它也不像個世界，因為我們使用世界這個詞，想到的總是充足自行，而世界三更像個存儲室。

別人的世界……波普爾說世界二是一和三的津梁，而另一種情況，是我們通過世界三來訪問別人的精神世界。我們都聽朋友講過心事，在我看來，這種交流，是在「世界三」（且繼續使用波普爾的概念）中發生的。朋友說：「我頭疼。」這句話便是精神性的作品，雖然表面上只有瞬間的存在，不像莎士比亞的「我這一手的血」站穩世界三中的一個位置，但功能是一樣的。在這一方面，作家同我們常人一樣，使用來自世界三的材料，在自己的精神世界要重建別人的，然後賦予美好的形式，使之有望存留在同一世界中。莎士比亞當然不曾知道馬克白夫人的實際感受，我想他的手也不曾被血覆蓋，但他想像出的馬克白夫人，看上去同活人一樣，或者說，同一個擁有自己的世界的人一樣，——當然只是看上去。而對讀者而言，窺探身邊人的精神世界所得，甚至還不如閱讀文學家捏造的角色所得為多，這也是為什麼，高明的文學筆下的角色，對我們來說，真實感絲毫不遜於、而且總是要超過歷史書中的角色。

沒有世界三，人類會永遠停留在原始狀態。其中最重要的角色，自有文字以來，自然是書。但別的呢？我們在旅途，都見過古舊的房屋，我自己的日記中有這麼一段話：「它們雖然弊舊，如果仔細觀察的話，你會發現種種細節，讓你想像到當年蓋房人的用心，他對家庭的重視，你彷彿能看到他如何在女人愛戀及督促的注視下，或他自己對生活的嚮往中，一點一點地積攢材料，把木頭揉成美觀的形狀，用瓦刀一點點敲平任何刺眼的局部，他如何修出形狀，按當地的風俗刻出紋飾，打磨簷頭的表面，以及，最後，用漂亮的小牆或整齊的籬笆把自己的家圍起來，你還能看到一家人在油燈下吃那簡樸的晚飯，並在睡前檢查門窗，把山風關在外面。同它們相比，那些水泥新房不過是些沒有精神的工業品罷了。」最後一句責備是不正確的，水泥新房仍然是有精神性的產品，只是我那時沒有看到而已。房屋和工具，畫作和數學題，還有音樂，了不起的音樂，這些不同時代的人所共同擁有的，總的來說，確實是一個美好的「世界」，或歷史性的社會。

波普爾還有一個討人喜歡的看法。他認為，世界三中的東西，一旦製造出來，就擺脫了對主體的依賴，換句話說，一本書，不管有沒有人讀，它的存在的堅實性是不變的。這是很讓人安心的話，不只是因為世界上有那麼多他人創造出的好東西我無緣領略，更因為就在我自己的家裡，書架上，還有好些書，買來了，厚著臉皮不去閱讀，好些音樂，買來或偷來了，不去聽。如按波普爾的說法，我用不著那麼慚愧，我之不讀，頂多對不起自己，卻沒什麼對不起那書的。

波普爾還有一個討人喜歡的看法。

他認為，世界三中的東西，一旦製造出來，就擺脫了對主體的依賴，換句話說，一本書，不管有沒有人讀，它的存在的堅實性是不變的。這是很讓人安心的話……

讀書為己

我期待的閱讀，應更多地為了求同，而不是求異。是的，當代人，特別是在精神上有所自任的人，很大的一個恐懼，是害怕自己泯然眾人，失去個性——好像那是一種真的可以失去的東西。在荒亂中，畫家把筆落在他不應當注目的地方，只因為似乎沒有人那樣做過，在這一時刻，他會不會破壞了自己藝術理想的完整，企圖變成一個他所不是的人呢？這只是個比方，我想說的是，我們或許太注意於顯示個性，而不是形成個性了。

當然，個性雖然不會失去，卻有可能沉默，埋藏，枯萎，凋零，直到不可辨識，除了偶爾為表面性格的無關緊要的裝飾；但在我的想像中，只有不完整的、未得到充分發展的個性，才會落到如此田地，而強壯的個性，一旦形成，它自己便是自己的養分，它自己引導自己的方向，如果用花朵來比喻，它是這樣一種向日葵，不但能發現陽光射來的方向，在黑夜，甚至可以自己指導自己。我達不到，卻很嚮往這樣一種個性（不過有時候也想到，強壯的個性並不全都是美好的個性）。

我經歷過求異的、企圖顯示個性的閱讀，借過、買過本來不打算讀或看不懂的書，有過競爭式的閱讀，曾以比張三讀書多而驕傲，也曾因雖不如李四讀書多卻在某一角落超過他而自得。幸運的是，即使在種種膚淺念頭的圍攻中，每個人都有機會沉靜下來，其中的一個原因，是一本好書，不管出於什麼糟糕的原因去讀它，仍然是一本好書。像我這樣的天性基礎很差的人，如果沒有這些書的護佑，真不知會成為什麼樣子。在這自知之明的指引下，我的閱讀，逐漸成為旨在尋找自己的經驗與他人經驗的共同之處，附驥於由遠更出色的人發起的隊伍，以一個更深長的尺度驗證和評價自己的各種零星念頭。我當然也有展現個性的願望，但閱讀不是那恰當的場所。

曾經面臨的危險之一，是將本應用於格己的尺度，轉向他人或眾人，這時便是以執尺人自居了。像我這樣的讀書人，容易犯的一樣毛病，是當談論「精神」之類的概念時，將人類一分為二，好像自己屬於一個俱樂部，這俱樂部不僅有門衛把守，綠樹蔭護，進門時還要考試呢。當然，我承認人類在幾乎所有帶有組織特性的領域裡都是分階層的，相信這種狀況會持續很久很久。便是現在，我也經常不怎麼猶豫地使用「通俗」、「大眾」之類的字眼，然而同時心裡清楚，沒有充足的證明，能夠讓我們放心地以為人類的精神歷程可以分為兩個進程，其中的一個需要另一個的率領或拯救，不管有時看起來多麼如此。我們始終不清楚人類整體演進的機制，不清楚瑣屑與偉大的關係，不清楚複雜的社會事務彼此是如何相互影響著。在經驗的海洋中，在我們有限的觀察和理解能力面前，一些看起來是島嶼的事物，其實是飄浮的，我們用已有的知識與想像為它紮下根來，而不知道那實際的根基究竟是什麼狀況。由於這方法上的障礙，讀書人管住自己的某種傾向，完全不能算是謙虛。

由此而來的是兩難的境況。一方面，如前所說，讀書的目的是謙虛而不是驕傲，另一方面，我又贊同每一個人，都有資格捍衛、宣揚自己的主張，批評他所反對的。如果一個人堅信自己屬於正確的少數，他為什麼不可以批評多數人呢？

我在大學裡接觸到尼采（Nietzsche）的書，那時只能找到舊譯和臺灣的譯本，學生們搶著借閱。他的書，最能激動自命不凡的年輕心靈，因那時的我們不願被說服，卻對感染力毫無防範。不過對尼采的熱情來得快去得也快，我想這是性格使然（我還認為，自己沒成為畫家，同樣是因性格中的這種成分，而不是因為我連雞蛋也不會畫）。

寫這篇文章前，我找出尼采的一兩種著作翻看了一下。他還像當年那樣直言不諱。《悲劇的誕生》（*The Birth Of Tragedy*）裡，有一處這麼說：有些人，由於沒有體驗，或是出於冷漠，嘲笑酒神式的狂喜，避之如避瘟疫，在他們眼裡，那些迷醉的人是病態的，而自己才是健康的，殊不知自己那所謂健康與酒神精神下的熾熱、沸騰的生活相比，簡直毫無生氣。在另一個地方，尼采大聲譴責對知識的無饜胃口，技術發明帶來的快樂，對異域事物的迷戀，對現今和未來的崇拜等等；這裡他批評的物件，很像是我們今天所說的「當代性」或「現代性」。

巧的是，尼采的這兩種批評（針對大眾與針對時代），差不多也是今天批評家的口實。前幾天閱讀的一本書，註腳中提到美國小說家詹姆斯．索爾特（James Salt）在一九九九年寫的一篇文章，「從前有文學，現在有什麼。」我得承認，這標題對我有某種邪惡的吸引力。我從《紐約時報》的網站找到這篇文章，仔細看了一遍。

我對這位作家不怎麼瞭解，不過我大膽地猜測，有些話他也許憋得很久，不吐不快了。類似立場的表達，這些年來並不少見，不過在此類社會批評或文化批評的聲浪中，詹姆斯．索爾特的文章仍有引人注意，或者說令人吃驚的地方。他簡短回顧了他閱讀的經歷，還有寫作的經歷（他寫過十五年電影劇本）。他自拔於泥淖，然後發現，整個社會不但沒有同他一起進化，反而——從他此時的位置看來——離他而去。

通俗文化已經淹沒了「高雅文化」（high culture），誰也不知道這會有什麼後果。通俗文化從其贊助者，從那些年輕人以及更多的曾經年輕的人那裡，得到滾滾而來的財富，越來越繁榮昌盛。像喬治．盧卡斯（George Lucas）的《星際大戰》（*Star Wars*）這樣的垃圾，三部曲也好，五部曲也好，成了最受歡迎的、議論得最熱鬧的作品，本來用於稱頌經典傑作的一批措詞，現在用在了它身上。在我們眼前發生的，究竟是趣味的崩潰，還是足以取代《荷馬史詩》（*Homeric*）或可與之比肩而立的新神話的誕生？

我敢說，大多數從事或自認為從事精神性工作的人，心裡都藏著類似的話，有些人率直地說出來，有些人隱藏起意見，至少不在公眾面前如此談論，還有些人出於自我懷疑而克制住批評的衝動。對自己所處時代之趣味墮落的哀歎，是古老的話題，但在近幾十年，由於娛樂工業和網際網路的影響，事情似乎有些不一樣，我們所見證的，果真是一種深刻的變化嗎？抑或只是被放大了的曾經不斷重複的過程？這是難於判斷的。

不論是擁護什麼還是反對什麼，我贊同讓這些擁護和反對處於自發的狀態。比如網際網路漢語的批評者中間，有人只是腹誹，有人發表溫和的批評，有人鳴鼓而攻，並指責前兩種人缺少擔當——我認為，每個人從自己的個性和處境出發，用自己習慣的方式表達意見，是唯一自然的批評和讚揚形式。我們每天聽到各種我們不同意的意見，還聽到許多我們大體贊同卻認為其表達大有缺陷的意見，這是令人欣慰的，因為我們所能想像的每一個立場，不管多麼離奇，都不乏表達。有一種說法是「社會需要」不同意見，我想這不是「社會需要」（實際上，根本不存在什麼社會需要），我想這是不同的個性在共同塑造社會。

在這種背景中，詹姆斯．索爾特不過是完成自己的角色，其意見，我們盡可心平氣和地聽，甚至當他如此說的時候——

我越來越注意到那些各行各業的成功人士，他們對藝術麻木不仁，對歷史一無興趣，對語言略無關心。在他們的經驗中，如果有什麼事是自我超越的，也許只有生孩子這件事了，別的都難以想像。狂喜對他們而言，只有物理涵義，他們對此心滿意足。文化是完全不必要的，儘管他們喜歡追蹤最新的電影和音樂以及——或許——暢銷書。

這裡有一個問題。為什麼——比如——一位木匠需要關心歷史，留意語言的演進，對藝術傾心熱愛，而文學家並不需要關心木匠的工作？我想對此，詹姆斯．索爾特有他的回答，我猜想他大概會說，因為藝術歷史等等，處理的是更加深邃、普遍的經驗，所以比用釘子連接木條更加……更加什麼呢？詹姆斯．索爾特說，「藝術是一個民族真正的歷史」（這句話令人想起尼采說的藝術是人生之最高使命），很顯然，他使用的價值階梯不但是精神性的，並是排他的精神性階梯。

我懷疑的是，難道詹姆斯・索爾特，以及我們，真的希望所有的人，都同他一樣，追隨「約翰生博士（Samuel Johnson）和莎士比亞的語言」嗎？如果我們認為自己希望的話，不妨再問問自己，這是實際的期待，還是惠而不廢的空洞願望？藝術也罷，文學或歷史學也罷，在整個社會中的位置，在哪個時代不是恰如其分的呢，特別是當我們不把這些東西看成某種傳統派到我們時代的使者的時候。

好的東西，在於其自身的好，不在於周圍事物的隳壞。何況事物的隳壞，是極難斷言的事情。我想到另一位小說家，大名鼎鼎的索爾・貝婁，他在一九九〇年的某次題為「精神渙散的公眾」的演講中，從某位英國作家那裡借來一個詞，叫做「愚蒙地獄」（moronic inferno）。索爾・貝婁把這個詞藏在行文中不顯眼的地方，儘管如此，它還是非常刺眼的。他在演講中說到，公眾的關注彷彿一個被各色勢力刺探、侵占、蹂躪的大陸，通信產業對公眾提供、錯誤提供或拒不提供有關資訊，使我們處於一種雜亂無章、精神渙散的狀態之中。顯而易見的事物被淹沒了，我們接受大量的過剩資訊，卻對實際在發生著什麼毫無頭緒。越來越多的大眾話題，越來越少的個人意識，我們依賴於一浪又一浪的新聞事件，來掩蓋自己的焦慮。

與詹姆斯・索爾特劈頭蓋臉的哀歎相比，索爾・貝婁說得更細緻，更容易接受，他還謙虛地說：「同一些作家、畫家等等，本身就是精神渙散之子，因為單純的現實主義就是這樣要求的。如此，他們才尤其有資格來接近精神渙散了的人群。他們勢必去經歷誘惑，以及我們這裡所討論勢力的那種毀滅性。這就是那種毀滅性因素。我們不需要人們的召喚，就能把自己淹沒於其中，因為我們就生於其中。」（李自修譯文）

所謂「同一些」，是在索爾・貝婁看來，這些人中的出色者，有機會帶領我們走出精神渙散之境——也許會，也許不會，到時候再說吧。

我一再回味「愚蒙地獄」這個詞。打開窗子，走到大街上，或進入網際網路，如果眼前所見的是地獄，我得說，人類從來就在這種地獄中，也看不到什麼希望從此上升。它所形容的不過是人類的普遍處境，在不同的時代以不同的面貌供不同的人理解和品味，這麼一想，「地獄」這個詞就失去了力量，顯得不過是情緒的發洩。不論從哪個方面看去，我們固然不在天堂裡，但也絕不在地獄中。比如說，地獄裡怎麼會有太陽、清水和書籍？

我自然不會主張放棄社會批評以及放棄用自己的價值去影響社會（有人稱之為「改造社會」，這是個非常攻擊性的、意圖可疑的詞），但我的理解是，這種「工作」適合以個人身分進行，而不是成為某種傳統的代表，去壓制其他的傳統。以閱讀而言，每一本書的好處，是使我們融合於人類整體，而不是自外或自異於它。

亦搖亦點頭

大寫出版 Briefing Press
書　　系—古典復筆新　書號 HD0005
著　　者—刀爾登
編　　輯—李明瑾、陳韋伶（特約）
裝幀設計—楊啟巽工作室

行銷企畫—郭其彬、王綬晨、陳雅雯、邱紹溢、張瓊瑜、余一霞、汪佳穎
大寫出版—鄭俊平、沈依靜、李明瑾
發 行 人—蘇拾平

地　　址—台北市復興北路 333 號 11 樓之 4
電　　話—（02）27182001
傳　　真—（02）27181258
發　　行—大雁文化事業股份有限公司
服務信箱—andbooks@andbooks.com.tw
劃撥帳號—19983379
戶　　名—大雁文化事業股份有限公司

初版一刷—2019 年 6 月
定　　價—新台幣 350 元

ISBN 978-957-9689-38-0

大雁出版基地官網：www.andbooks.com.tw

國家圖書館出版品預行編目 (CIP) 資料
亦搖亦點頭／刀爾登著．初版．臺北市：大寫出版：大雁文化發行，2019.06
248 面；14*21 公分
（古典復筆新；HD0005）
ISBN 978-957-9689-38-0（平裝）
855　108004348

古典復筆新